AF557497

Timo Parvela

Ella und ihre Freunde retten die Schule

Timo Parvela
Ella und ihre Freunde retten die Schule

Aus dem Finnischen
von Elina Kritzokat
Mit Bildern
von Sabine Wilharm

Carl Hanser Verlag

DIREKTOR

Wo bleibt denn sonst der Spaß?

Ich heiße Ella. Ich gehe in die zweieinhalbte Klasse*. Meine Schulfreunde sind toll, und auch unser Lehrer ist sehr lustig. Genauer gesagt: Er war lustig, denn in letzter Zeit ist er ziemlich abwesend. Er ist nämlich seit Neuestem unser Schuldirektor.

Es war der erste Tag der Schulwoche. Zu Ehren des Tages trug der Lehrer einen neuen Anzug. Eigentlich war der Anzug schwarz, aber auf der Rückseite prangte ein weißes Bild: ein mit Kreide gemaltes Strichmännchen, das eine Krone auf dem Kopf hatte. Das sollte bestimmt der Lehrer sein. Wir fanden, dass seine Tochter Anna für ihr Alter ganz schön gut zeichnen konnte.

»Ihr dürft mich noch immer Lehrer nennen«, wandte sich der Lehrer jetzt an uns. »Alle anderen müssen natürlich Direktor sagen und ab und zu auch *Seine Majestät*. Aber für euch bleibe ich *der Lehrer*.« Mit diesen Worten verschwand er in seinem Büro.

* Wieso das so ist, könnt ihr in »Ella und der falsche Zauberer« nachlesen.

In der nächsten Stunde hatten wir Verkehrserziehung. Unser Lehrer, der ja jetzt Direktor war, wollte uns beibringen, wie Ampeln funktionierten. Wir standen in einer Reihe vor seinem Büro und drückten nacheinander auf den Schalter für die Lichtanzeige: Rot stand für »Nicht stören«, Grün für »Bitte eintreten«. Im Straßenverkehr war es so ähnlich.

»Mist, schon wieder rot«, meckerte Mika und stellte sich für einen neuen Versuch noch einmal hinten in der Reihe an.

»Das war jetzt schon das hundertelfte Mal«, stellte Timo fest.

»Vielleicht ist das grüne Licht kaputt?«, überlegte Hanna.

»Vielleicht ist der Lehrer kaputt?«, schlug Pekka vor.

»Ich gehe rein und sehe nach«, sagte Pekkas Mutter, die ebenfalls mit dem neuen Direktor sprechen wollte. Sie war bis vor Kurzem noch selbst Direktorin gewesen, hatte eine Menge zu sagen und fühlte sich noch immer wie die Chefin unseres Lehrers. Mit Schwung machte sie die Tür auf.

Der Lehrer hatte die Beine auf die Tischplatte gelegt, beugte sich über ein riesiges Tablett mit Zimtschnecken und wollte gerade in eine hineinbeißen.

Da sah er uns – und wie wir uns vor ihm aufbauten. Und dass Pekkas Mutter bei uns stand, sah er auch. Wir wiederum sahen, dass er die Schaltung für das rote und grüne Lämpchen mit einem Klebestreifen versehen hatte, sodass das grüne Lämpchen nicht mehr leuchten konnte. Das fanden wir seltsam. Wenn draußen immer nur das rote Licht brannte, würde unser armer Lehrer den ganzen Schultag lang keinen einzigen Besuch bekommen!

»Du bist bei Rot losgegangen«, rügte der Lehrer Pekkas Mutter. »Das ist kein gutes Vorbild für die Kinder.«

Darauf ging Pekkas Mutter nicht ein. »Willst du dich hier bis zum Schulschluss verschanzen und sämtliche Zimtschnecken allein essen? Hast du etwa nichts Wichtigeres zu tun?«

»Was könnte wichtiger sein, als Zimtschnecken zu essen?«, gab der Lehrer zurück.

»Na, zum Beispiel diese Kinder, deine Schulklasse!«, sagte Pekkas Mutter vorwurfsvoll. »Auch wenn du jetzt Direktor bist, musst du dich weiter um sie kümmern! Sie sind deine Klasse.«

»Keine Sorge, das habe ich nicht vergessen. Ich gebe ihnen doch gerade allerbesten Unterricht. Das Lämpchenspiel ist der Auftakt zur großen Digi…, Digi-

Dingsbums, äh, Digitalisierung. Unsere Schule wird ja angeblich bald nicht wiederzuerkennen sein.«

»Dein albernes Lämpchenspiel soll für Digitalisierung stehen? Dass ich nicht lache, ha! Ich glaube, es steht für was anderes: Du willst dich in deinem Büro verstecken und deine Ruhe haben.«

»Na und? Darf ich das denn nicht? Ich bin jetzt Direktor und kann selbst entscheiden, was ich mache! Wo bleibt denn bitte sonst der Spaß?«, fragte der Lehrer trotzig.

»Und dass du alle Zimtschnecken allein isst und für die anderen keine übrig lässt, ist auch nicht richtig«, schimpfte Pekkas Mutter weiter.

Der neue Direktor verzog sein Gesicht zu einer ärgerlichen Grimasse. »Also, wirklich, da trägt man jetzt so viel Verantwortung, und nicht ein Funken Spaß wird einem gegönnt!«

Unser Lehrer tat uns leid. Wir fanden es gemein, dass er ab jetzt nichts mehr durfte. Außerdem war er doch wie immer extrem großzügig! Als Pekkas Mutter ihn durchdringend ansah, überließ er uns das Tablett mit den Zimtschnecken und ging mit ihr aus dem Raum. Damit waren wir die Einzigen in seinem Büro und nun automatisch die stellvertretenden Direktoren. Das war ziemlich lustig – leider nur so lange, bis Pekka

spontan eine Durchsage machte: »Achtung, Achtung, liebe Schülerinnen und Schüler, die ersten zehn, die in der Schulküche ankommen, kriegen ein Eis geschenkt.«

Nachdem vor der Schulküche ein Riesenchaos ausgebrochen war, wurden wir von der Frau des Lehrers aus dem Büro gezerrt und kriegten eine saftige Strafarbeit aufgebrummt – zehn Seiten Matheaufgaben. Während wir über den Aufgaben schwitzten, hatten der Lehrer, Pekkas Mutter und die Frau des Lehrers alle Hände voll zu tun, die vielen Schulkinder wieder zurück in ihre Klassenräume zu schicken. Für unsere Matheaufgaben brauchten wir bis zum Ende der übernächsten Stunde.

Der Lehrer hatte wirklich recht: Als Direktor, und auch als stellvertretende Direktoren, hatte man überhaupt keinen Spaß mehr.

Das ist doch ganz leicht!

Nach der Pause gingen wir wieder zum Büro und drückten auf den Knopf. Der Lehrer musste uns schließlich neue Aufgaben geben!

Wir warteten. Und warteten. Aber kein Lämpchen ging an. Nicht mal das rote.

Plötzlich wusste ich, was los war: »Freunde, der Lehrer ist gar nicht in seinem Büro!«

»Aber wo soll er sonst sein?«, überlegte Hanna.

»Ist doch klar«, sagte Timo. »Pekkas Mutter hat ihn angezeigt, weil er alle Zimtschnecken genommen hat.«

»Dann ist der Lehrer jetzt im Gefängnis?«, fragte Tiina erschrocken.

»Davon gehe ich aus«, sagte Timo und nickte ernst.

Wir dachten nach. Wenn der Lehrer sich im Gefängnis befand und wir seine Klasse waren, dann mussten auch wir ins Gefängnis. Der Lehrer hatte schließlich seinen Unterricht fortzusetzen.

»Ich will aber nicht ins Gefängnis«, jammerte Mika verzweifelt.

»Dort ist es gar nicht so schlimm, mein Papa ist auch im Gefängnis«, versuchte Pekka ihn zu beruhigen.

»Tatsächlich?«, fragte ich erstaunt.

»Jep. Er sagt immer, meine Mama ist wie eine süße, lebenslängliche Haftstrafe, nur dass es keine Begnadigung gibt.«

»Das ist ja total romantisch«, schwärmte Tiina. »Und was sagt deine Mutter dazu?«

»Sie gibt ihm recht und erinnert ihn daran, dass gutes Benehmen sich positiv auf die Haftbedingungen auswirkt. Aber nicht auf die Länge, die bleibt lebenslänglich.«

»Wenn man so schnell lebenslänglich kriegt, müssen wir den Lehrer sofort retten«, sagte Hanna, die immer einen kühlen Kopf bewahrte.

»Aber wie?«, rätselte ich.

»Das ist doch ganz leicht!«, schaltete der Rambo sich ein. »Wir bringen dem Lehrer einen Kuchen, in dem die Fluchtwerkzeuge versteckt sind. Damit kriegt er die Gitterstäbe kaputt und kann sich mit einem Bettlaken abseilen.«

Wir sahen den Rambo verblüfft an. Das hätten wir nicht gedacht, dass er so gut wusste, wie man aus dem Gefängnis abhaute.

»Eins ist mir noch nicht klar«, sagte Pekka. »Wie kriegt man ein großes Bettlaken unauffällig in einem Kuchen versteckt?«

Was habt ihr mit der Torte gemacht?

Der Plan vom Rambo war genial. Sofort marschierten wir in den Raum für Bastel- und Handwerkerbedarf – und fanden alles, was man für eine Gefängnisflucht brauchte: Feile, Schraubendreher, Klebstoff, Bohrer, Hammer und Sandpapier.

Als Nächstes gingen wir in die Schulküche, wo wir leider keinen einzigen Kuchen fanden, in dem wir das Werkzeug verstecken konnten. Backen wollten wir auch keinen, das würde zu lange dauern, der Lehrer brauchte unsere Hilfe *jetzt*. Wir wollten um jeden Preis verhindern, dass er im Gefängnis traurig wurde und verhungern musste oder so etwas. Außerdem wollten wir ihn am liebsten schon zur nächsten Schulstunde wiederhaben.

Deshalb waren wir superglücklich, als wir im großen Lehrerzimmer eine prächtige Sahnetorte entdeckten. Sie stand mitten auf dem Tisch. Außer uns war gerade niemand im Raum.

»Da will wohl noch jemand anders den Lehrer retten«, überlegte Tiina scharfsinnig.

Egal, wir würden schneller sein. Wir mussten handeln, bevor die Lehrer ins Zimmer kamen. Also drückten wir die Werkzeuge in die sahnige Torte und versuchten, die Oberfläche wieder glatt zu streichen. Etwas merkwürdig sah die Torte trotzdem aus. An der einen Seite schaute sogar der Hammer heraus, da konnten wir noch so viel Sahne auf den Griff schmieren. Auch die Erdbeere, die wir obendrauf setzten, machte es nicht besser. Wir mussten wohl einfach darauf vertrauen, dass die Aufseher im Gefängnis hässliche Kuchen gewohnt waren.

Dumm nur, dass wir den Kuchen nicht sofort mitnehmen und zum Gefängnis rennen konnten. Die Tür des Lehrerzimmers wurde nämlich versperrt. Dort standen auf einmal Pekkas Mutter, ein paar andere Erwachsene – und sogar unser Lehrer!

»Danke für das gute Gespräch«, sagte Pekkas Mutter gerade zur gesamten Gruppe.

»Ja, es ist einfach toll, dass wir die Digi…, äh, Digi-Dingsbums jetzt mit voller Kraft vorantreiben, nicht wahr?«, sagte der Lehrer unsicher.

»Ja, ein echter Digitalisierungsschub! Bald werden

sogar Schulbücher überflüssig sein«, verkündete Pekkas Mutter. »Das ist was anderes, als mit den Lämpchen an der Bürotür herumzuspielen.«

»Ähm, ja«, sagte der Lehrer und wirkte, als hätte er Angst vor Pekkas Mutter.

Wir verbargen unsere sahnebeschmierten Hände hinterm Rücken und lächelten so lieb und brav, wie wir nur konnten. Außer Mika, der plötzlich anfing zu weinen, weil auch sein Handy in der Torte versteckt war. Wir hatten es zusammen mit den anderen Sachen in die Sahne gedrückt, damit der Lehrer uns anrufen konnte, sobald ihm die Flucht aus dem Gefängnis geglückt war. Aber anscheinend war er ja auch ohne Werkzeug rausgekommen. Vielleicht mit einem einfachen Sprung oder so? Lag das etwa an diesem Digitalisierungsschub, von dem eben die Rede war?

»Diese Torte habe ich extra zu Ehren des Tages gebacken«, verkündete unser Lehrer jetzt. »Hoffentlich schmeckt sie Ihnen!« Er tat jedem ein Stück auf.

»Das Rezept hat einen gewissen Dreh!«, sagte ein dünner Herr, der das Stück mit dem Schraubendreher bekommen hatte.

»Die Schichten der Torte haften bemerkenswert gut zusammen«, lobte die Dame, die die Klebstofftube auf dem Teller hatte.

»Die Zutaten haben erstaunlich viel Biss«, murmelte der Mann, in dessen Tortenstück sich die Schrauben verbargen.

»Eine wunderschöne Torte. Ein Anblick wie glatt poliert«, sagte eine Frau mit Dutt und knabberte auf dem Schmirgelpapier herum.

»Ich würde sagen, das Rezept ist der Hammer«, sagte Pekkas Mutter, auf deren Teller natürlich der Hammer lag.

Der Lehrer blickte reihum auf die Teller, zog irritiert die Augenbrauen hoch – und sah dann uns an, seine Schüler.

»Was habt ihr mit der Torte gemacht?«, fragte er streng.

Gerade als wir ihm von unserem tollen Plan für den Gefängnisausbruch erzählen wollten, klingelte Mikas Handy. Das lag noch mitten in der Torte, der Lehrer hatte nicht alle Stücke verteilt. Mika steckte seine Hand in die Sahne, wühlte darin herum und zog schließlich das Handy hervor.

»Hallo, Mama, nein, ich habe meine Mütze nicht auf, weil wir gerade drinnen sind, da ist es nicht kalt«, sagte er. »Ja, Mama, ich gebe dir den Lehrer.« Und damit reichte er das schmierige Handy weiter.

Während der Lehrer mit Mikas Mama sprach, gingen wir durch den Raum und schüttelten den Damen und Herren höflich die Hand.

Das war richtig praktisch – so konnten wir eine Menge von der klebrigen Sahne abstreifen.

Seine Majestät in geheimer Mission

Wir mussten natürlich sofort eine Besprechung abhalten und gingen dafür wie immer zu unserem Versammlungsort, in den alten Bus. Der stand weiterhin im Garten unseres Lehrers. Inzwischen war er besonders gut abgeschirmt, denn der Lehrer hatte einen Zaun zwischen seinem Haus und dem Bus errichtet. Komisch eigentlich – normalerweise baute man Zäune am Rand eines Grundstücks, nicht in der Mitte. Wegen des Zauns konnten wir den Lehrer jetzt dummerweise viel schlechter beobachten. Sogar das tolle Periskop, das Pekka gebaut hatte und mit dem man auch über Hindernisse schauen konnte, half uns nicht weiter, denn der Zaun des Lehrers war höher als Pekkas Periskop.

»Von was für einem komischen Digi-Schub haben die vorhin eigentlich geredet?«, rätselte Pekka.

»Du meinst den Digitalisierungsschub«, half Hanna. »Das ist so was Ähnliches wie Weitsprung, nur halt digital. Merkt es euch einfach als Digi-Sprung.«

»Ah, dann hat mein Vater letztes Wochenende einen tollen Digi-Sprung gemacht«, erzählte Tiina. »Er hat nämlich einen Kopfsprung ins Wasser gewagt und dabei noch das Handy in der Tasche der Badehose gehabt.«

»Meine Mutter hat auch einen Digi-Sprung gemacht«, berichtete Mika, »und zwar neulich, als ihre Forschungsnotizen auf dem Computer verloren gegangen sind. Sie ist fast bis an die Decke gesprungen!«

»Bei meiner Mutter sieht der Digi-Sprung so aus, dass sie früher Fotos in Alben geklebt hat, fertig. Jetzt macht sie Fotos nur noch digital, lädt sie auf den Computer, schickt sie an eine Firma, und die drucken sie aus und machen ein Album daraus«, sagte Timo.

Meistens war das, was Timo zu sagen hatte, hochspannend, aber heute fanden wir seinen Beitrag eher langweilig.

Zum Glück schaltete sich der Rambo ein.

»Fotos hin oder her, ihr habt alle noch nicht erkannt, worum es hier *eigentlich* geht«, sagte er warnend. »Diese komischen Erwachsenen, mit denen der Lehrer und Pekkas Mutter geredet haben, waren alle piekfein angezogen. Ich wette, die gehören zu einer geheimen Organisation, die den weltweiten Schulfrieden stören will. Sie nehmen uns unsere Bücher weg, und stattdessen kriegen wir dieses Digi-Dingsbums, das uns total beherrschen wird. Genau so hat der Lehrer es vorhin gesagt: *Sie werden das Digi-Dingsbums mit voller Kraft vorantreiben.* Und er sah nicht gerade glücklich aus.«

Der Rambo hatte recht. Wir hatten das Gespräch ja alle gehört. Die Erneuerung der Schule durch Digi-Dingsbums war eine gefährliche Attacke.

»Das klingt entsetzlich«, sagte Tiina.

»Ich fühle mich elend«, sagte ich.

»Die Männer und Frauen kamen mir gleich so seltsam vor«, meinte Hanna.

»Ja, wir hätten es sofort erkennen und sie stoppen müssen«, sagte Timo schuldbewusst.

Pekka, der sonst immer etwas Lustiges zu sagen hatte, schwieg.

»Digi-Dingsbums ist das Schlimmste, was man sich vorstellen kann«, wusste der Rambo. »Es macht aus uns willenlose Zombies, die nur noch am Digi-Dingsbums hängen und geradezu süchtig sind. Jedenfalls behaupten das die Erwachsenen.«

Wir gruselten uns sehr und warteten noch immer auf Pekkas Beitrag. Meistens wusste er doch irgendetwas Interessantes über seinen Vater zu sagen. Aber leider nicht in diesem Moment. Also schauten wir wieder zum Rambo. Der machte ein ernstes Gesicht.

Und es war ja auch wirklich eine schrecklich ernste Angelegenheit, wenn eine geheime Organisation uns die Schulbücher wegnehmen wollte. Und uns zu Zombies machte, die von Digi-Dingsbums abhängig waren. Die Gefahr war groß. Wir mussten uns ihr entgegenstellen. Alleine würde der Lehrer es nicht schaffen. Aber wir würden ihm helfen. Wir waren sozusagen seine Agenten – in geheimer Mission. Und wenn er so gerne Seine Majestät sein wollte, dann waren wir eben die königlichen Geheimagenten. Ein verantwortungsvoller Job. Die gesamte Zukunft der Schule hing von uns ab. Die Zukunft unseres geliebten Lehrers hing von uns ab! Aber wir fühlten uns sicher und stark. Jetzt, wo wir alles durchschaut hatten. Wir würden Digi-Dingsbums stoppen.

»Wow, jetzt kann ich richtig gut sehen!«, rief Pekka, der mit Mika an den Zaun gegangen war und auf dessen Schultern saß.

»Ha, ich bin der beste Periskop-Bauer der Welt! Der Lehrer ist sogar richtig nah!«

Das stimmte.

Der Lehrer stand direkt auf der anderen Seite des Zauns und glotzte genervt in das Periskop.

Geheimagenten brauchen geheime Waffen!

Ich sah mich aufmerksam in Hannas Zimmer um. Es war anders eingerichtet als meins. In meinem stand ein Bücherregal – in ihrem ein Werkzeugregal. In meinem ein Puppenhaus – in ihrem eine große Kiste mit Drähten, Kabeln und Kleinkram, mit dem man bestimmt nicht toll spielen konnte. Ich hatte zu Hause einen Kleiderschrank – bei Hanna gab es nur einen Kleiderhaken, an dem ein blauer Arbeitsanzug hing. Ich hatte einen Schreibtisch, sie eine Werkbank. Auf meinem Tisch stand ein Computer, auf ihrer Werkbank ein komisches Ding, bei dem ich nur das Kabel für die Steckdose erkannte.

»Das ist ein Lötkolben«, erklärte Hanna.

Wir nickten. Wir saßen alle auf ihrem Bett und waren beeindruckt.

»Mein Vater hat auch einen Kolben«, warf Pekka ein. »Und wenn er mit seinem Kolben niest, dann wackelt das ganze Haus.«

»Das hier ist eine andere Art Kolben«, sagte Hanna. »Damit kann man löten, also Dinge fest zusammenkleben.«

»Meine Mama macht das mit Superkleber«, sagte Mika.

»Löten ist noch fester als kleben«, sagte Hanna geduldig. »Der Haftstoff beim Löten ist Zinn, das hält besser als Klebstoff.«

Wir waren baff. Was Hanna alles wusste! Und konnte!

Sie hatte uns zu sich nach Hause eingeladen, weil sie uns ausstatten wollte.

»Jeder Geheimagent braucht geheime Waffen. Werkzeuge, die ihm bei seiner Mission helfen. Sonst nützt ihm der schärfste Verstand nichts. Nur mit guten Werkzeugen kann er die Welt retten«, erklärte Hanna.

»Und die Schule«, ergänzte Timo.

»Genau.« Hanna nickte. »Und deshalb habe ich für jeden von uns das passende Werkzeug ausgesucht. Ist das nicht aufregend? Ab sofort sind wir Geheimagenten mit Geheimwaffen.«

»Was ist ein Geheimagent noch mal?«, fragte Pekka.

»Das ist eine Person, die geschickt eine geheime Aufgabe löst«, erklärte Timo.

»Ah«, Pekka nickte. »Dann ist mein Vater auch ein Geheimagent.«

»Echt jetzt?«, fragte ich erstaunt.

»Jep. Er schafft es immer wieder, an den Kühlschrank zu gehen, ohne dass meine Mutter es merkt.«

Hanna nahm einen Stift von ihrer Werkbank und überreichte ihn mir. »Das ist ein Agentenstift. Wenn du den Knopf am oberen Ende drückst, kommt unten Farbe raus«, erklärte sie.

»Ach ja? So einen Stift habe ich aber schon«, entgegnete ich. »Damit habe ich mir mein Stiftemäppchen eingesaut.«

»Mit diesem Stift wird das nicht passieren«, versicherte Hanna. »Und die Farbe kann superweit spritzen.«

Ich nickte beeindruckt und legte den Stift in mein Mäppchen.

»Und dies hier« – Hanna wandte sich an Timo – »ist ein Agentenbuch.« Sie tippte auf das kleine, runde Loch am Buchrand. »Da kannst du durchspionieren. Ich habe in den Umschlag und die Seiten ein Loch gebohrt und eine Kontaktlinse eingebaut.«

»Hm. Ich kenne das Buch aber schon«, beklagte sich Timo.

»Na und? Das ist hier keine Bibliothek, sondern eine Agentenstation«, entgegnete Hanna.

Timo zuckte mit den Schultern und packte das Buch in seinen Rucksack.

»Und das hier ist eine Agentenhaarbürste«, sagte Hanna und reichte Tiina eine Bürste mit rotem Griff.

»Iih, da kleben noch alte Haare dran«, meckerte Tiina.

»Das ist nicht weiter schlimm, die sind von unserem Hund«, sagte Hanna. »Schau, du kannst einzelne Metallborsten rausnehmen und damit Schlösser knacken oder einem Dieb in den Po piksen!« Hanna führte es vor.

»Wow! Das ist ja cool«, sagte Tiina und schien nun recht zufrieden. Sie steckte die Bürste in eine Plastiktüte und die Tüte in ihren Rucksack.

Mika bekam eine neue Batmanmaske.

»So eine habe ich doch schon«, beschwerte er sich.

»Oh nein, hast du nicht«, widersprach Hanna und stülpte die Maske um. Und tatsächlich, auf der anderen Seite sah sie ganz anders aus!

»Uaah, das ist ja der Joker«, sagte Mika. »Batmans schlimmster Feind!«

»Genau«, sagte Hanna. »Weil alle wissen, dass du

dich oft als Batman verkleidest, ist dies die perfekte Agentenmaske für dich. Damit verwirrst du alle.«

»Sehr schlau.« Mika nickte anerkennend und stopfte die Maske in seine Hosentasche.

Der Rambo bekam Boxhandschuhe, an denen kleine, pralle Beutel hingen, die mit Pfeffer gefüllt waren.

»Wenn du damit zuhaust, kriegt dein Gegner sofort jede Menge Pfeffer ab und ist lahmgelegt«, erklärte Hanna.

»Und wenn es drinnen passiert, muss dein Gegner danach auch noch gründlich fegen«, ergänzte Timo.

»Solange nicht *ich* fegen muss, ist alles okay. Sonst gibt es Prügel«, knurrte der Rambo und nahm die Agentenboxhandschuhe entgegen.

»Und für Pekka habe ich auch was Tolles«, sagte Hanna und hielt einen Hockeyschläger hoch.

»Perfekt«, sagte Pekka, »meiner ist gerade kaputtgegangen.«

»Der hier gehört meinem Vater. Aber ich habe ihn in einen Agentenschläger umgewandelt.« Sie nahm die Kelle ganz unten am Schläger ab und hielt sie in die Luft. »Dieses Teil hier kannst du perfekt als Bumerang benutzen. Ein Bumerang kommt immer zum Werfer zurück.«

»Und woher weiß der Bumerang, wer ihn geworfen hat?«, fragte Pekka erstaunt.

»Der weiß alles. Das ist ein Agentenbumerang«, antwortete Hanna.

»Und was ist mit dir?«, fragte ich sie. »Welche Geheimwaffe wirst *du* benutzen?«

»Das ist ein Geheimnis«, antwortete sie und lächelte.

Das akzeptierten wir.

Hauptsache, wir waren nun bereit für unseren Einsatz als Geheimagenten. Und das waren wir! Zusammen würden wir den Lehrer, die Schule und die ganze Welt vor dem Fluch des schrecklichen Digi-Dingsbums bewahren.

Erdenbewohner, bringt mich zu eurem Chef

Am nächsten Morgen erschien ein Mann auf dem Schulhof. Er trug einen dunklen Arbeitsanzug und einen silberglänzenden Metallkoffer. Er lächelte eigenartig und betrat mit federnden Schritten das Schulgebäude. Wir schlichen ihm natürlich sofort hinterher. Bestimmt hatte er was mit dem Digi-Dingsbums zu tun! Sicherheitshalber versteckten wir uns hinter Timos Agentenbuch. Leider war es ziemlich klein, weshalb es etwas eng wurde für uns. Aber davon ließen wir Agenten uns unseren Einsatz nicht verderben.

Der Mann blieb stehen und sah sich suchend um. Obwohl wir hinter dem Agentenbuch steckten, entdeckte er uns sofort.

»Müsstet ihr nicht im Unterricht sein und eure Aufgaben machen?«, fragte er und grinste irgendwie komisch. Er hatte bestimmt nichts Gutes im Sinn.

»Nein, müssen wir nicht«, sagte ich und ärgerte mich etwas, weil meine Stimme zitterte.

»Außerdem machen wir gerade genau *die* Aufgabe, die jetzt am dringendsten ist«, informierte Hanna den Mann.

»Genau, wir lesen dieses Buch«, sagte Tiina.

»Und es ist superspannend«, ergänzte Timo.

»Und obendrein falsch herum«, sagte der Mann mit dem Koffer.

Das stimmte. Wir hielten das Buch auf dem Kopf. Wir ließen uns nichts anmerken und drehten es möglichst unauffällig um.

»Oh, jetzt ist es noch viel spannender«, sagte ich.

»Ihr lest alle zusammen dieses eine Buch?«, fragte der Mann skeptisch. »Habt ihr nur ein einziges, oder was?«

»Wir haben noch viel mehr Bücher«, ergriff Timo das Wort. »Aber dieses hier ist eben besonders gut.«

»Na, wenn ihr meint. Bald braucht ihr sowieso keine Bücher mehr«, sagte der Mann und klopfte auf seinen Koffer. Da steckte bestimmt dieses Digi-Dingsbums drin!

»Soll ich den Bumerang werfen?«, flüsterte Pekka.

Ehe wir eine Entscheidung treffen konnten, redete der Mann weiter.

»Erdenbewohner, bringt mich doch mal zu eurem Chef.«

Huch, drückte der sich seltsam aus. Was meinte er damit?

»Könntet ihr mich vielleicht zu eurem Direktor bringen?«, fragte er, als er unsere verdutzten Gesichter sah.

Blitzschnell schauten wir uns an. Der Mann war gefährlich, und auf gar keinen Fall durften wir ihn zu unserem Direktor bringen, denn der Direktor war ja niemand anderes als unser geliebter Lehrer!

»Wir bringen Sie gerne hin«, flötete Hanna und zwinkerte uns zu. »Hier entlang, bitte.«

Wir gingen voran und taten, als wäre alles ganz normal. Der Mann mit dem Koffer ging hinter uns her. Als Allerletztes schlurfte Timo, der noch immer das Buch vor seine Nase hielt, durch den Flur – er rief, das Buch sei jetzt *wirklich* spannend geworden.

Als Erstes führten wir den Mann zum Handarbeitsraum, dann in die Turnhalle und schließlich wieder nach draußen.

»Euer Direktor befindet sich auf dem Hof?«, fragte der Mann irritiert.

»Er liebt frische Luft«, erklärte Hanna.

»Soll ich Ihnen den Koffer vielleicht mal abnehmen, damit er auf dem langen Weg nicht zu schwer wird?«, bot ich an.

»Ich könnte den Koffer auch meiner Mutter bringen«, schlug Mika vor. »Die ist furchtbar stark.«

»Danke, nicht nötig, außerdem ist der Inhalt meines Koffers zu wertvoll«, sagte der Mann und presste seinen Koffer an sich. Wir wussten natürlich längst, wieso der wertvoll war, und zwinkerten uns zu. Außer Mika, der nicht zwinkern konnte, und außer dem Rambo, der zu so was meistens keine Lust hat. Der Rambo hätte am liebsten schon jetzt seine Pfefferboxhandschuhe benutzt, aber wir fanden, dazu war es noch zu früh.

»Hier ist es«, sagte Hanna und zeigte auf die Tür des Schuppens, in dem die Bälle und Geräte für den Sportunterricht aufbewahrt wurden.

»Euer Direktor ist da drin?«, fragte der Mann erstaunt.

»Ja, er ist sehr sportlich«, versicherte ich.

Der Mann spähte in den Schuppen. »Das ist ja stockdunkel hier.«

»Unser Direktor hat die Augen eines Uhus«, sagte Hanna. »Gehen Sie nur, es ist alles in Ordnung.«

Der Mann machte zwei Schritte. Und noch zwei. Dann drehte er sich um. »Hört mal, ich glaube nicht, dass hier ...«

PENG! Gerade noch rechtzeitig knallten wir die Tür zu und schoben die Verriegelung vor. Jippie! Wir hatten den Lehrer, die Schule und die Welt gerettet!

Und es war sogar ziemlich einfach gewesen.

Ich bin der Elektriker

In der nächsten Stunde hatten wir Sport. Der Lehrer ging mit uns auf den Schulhof und wollte, dass wir Fußball spielten.

»Kann bitte jemand den Ball aus dem Schuppen mit den Sportsachen holen?«, fragte der Lehrer.

Natürlich konnte das niemand. Außer Timo – der hatte in Ruhe den Agentenroman zu Ende gelesen und deshalb nichts mitbekommen.

»Ich hole den Ball«, bot er an.

»Auf keinen Fall!«, protestierte ich.

»Sonst kriegst du Ärger mit Batman!«, warnte Mika und versuchte, Timo zuzuzwinkern, was er leider noch immer nicht konnte.

»Timo, jetzt beeil dich mal, wo bleibt der Ball?«, fragte der Lehrer und sah zu uns herüber.

»Ähm, bedauerlicherweise kann Timo den Ball nicht holen«, sagte Tiina.

»Er hat nämlich absolut kein Ballgefühl«, ergänzte Hanna.

»Ich kicke Timo sofort ins Abseits, wenn er den Ball holt«, drohte der Rambo.

»Soll ich den Bumerang werfen?«, fragte Pekka ungeduldig.

»Was ist nur los mit euch?«, wunderte sich Timo, der immer noch keinen Durchblick hatte. »Ich hole jetzt sofort den Ball.«

Gerade noch rechtzeitig konnte ich ihn an seinem T-Shirt-Zipfel festhalten. Und Tiina und Hanna hielten ihn am Kragen und am Ärmel fest. Da konnte Timo noch so zappeln.

Der Lehrer stöhnte genervt. »Gut, dann hole ich den Ball eben selbst.«

»Neiiiin!«, brüllten wir im Chor. Außer Timo, der vor sich hin meckerte, weil sein T-Shirt-Kragen ausgeleiert war und der Stoff am Rücken so weit runterhing, als wäre das T-Shirt ein Kleid.

Der Lehrer öffnete bereits die Tür. Dort stand der Mann mit dem dunklen Anzug und dem silbernen Koffer. Der Lehrer starrte den Mann überrascht an. Der Mann starrte genauso überrascht zurück.

»Guten Tag«, sagte der Lehrer. »Wir sind uns wohl noch nicht begegnet. Sind Sie vielleicht der Weihnachtswichtel, wenn Sie sich hier verstecken?«

»Ich bin der Elektriker, Zusatzgebiet Computer«, sagte der Mann mit matter Stimme.

»Ich verstehe. Kein Grund zur Traurigkeit, auch ich bin nur was ganz Normales. Es können nicht alle Superman sein«, tröstete der Lehrer.

»Ich wurde eingesperrt. Mit List und Tücke hat man mich hier reingelockt«, klagte der Elektriker.

»Oh, das verstehe ich bestens«, erwiderte der Lehrer. »Bei mir ist es dasselbe. Mir wurden eine leichte Arbeit und ein schweres Gehalt versprochen, doch ich wurde betrogen, und nun ist es genau umgekehrt: schwere Arbeit bei leichtem Gehalt. Und das alles wegen der Kinder.«

»Auch ich wurde von den Kindern reingelegt«, beklagte sich der Elektriker.

»Tja, wir haben dasselbe Schicksal«, sagte der Lehrer Anteil nehmend. »Könnten Sie mir trotzdem bitte kurz einen Fußball rausreichen?«

Der Elektriker nahm einen Ball aus dem Regal und hielt ihn dem Lehrer hin.

»Danke«, sagte der Lehrer. »Soll ich die Tür wieder zumachen? Möchten Sie allein sein?«

»Nicht nötig. Eigentlich müsste ich hier an der Schule jetzt Digi-Kabel verlegen, aber ich glaube, ich fahre lieber nach Hause. Ich bin zu geschockt, um gute Arbeit zu leisten.«

»Oh, das verstehe ich bestens. Es geht mir genauso, jeden Tag aufs Neue. Und trotzdem muss ich hier immer bis in den Nachmittag ausharren. Der einzige Trost sind die langen Sommerferien.« Mit einem schweren Seufzer warf er uns den Ball zu.

»Und bitte nur den *Ball* kicken, nicht euch gegenseitig, ja?«, ermahnte er uns. »Ihr spielt hier schön friedlich bis zum nächsten Klingeln. Ich sitze in meinem Büro und schaue ab und zu aus dem Fenster, ob alles okay ist. Abgemacht?«

Wir nickten. Mit hängenden Schultern schlurfte der Lehrer ins Schulgebäude. Der Elektriker ließ ebenfalls die Schultern hängen und schlurfte mit seinem Koffer zurück zu seinem schwarzen Lieferwagen. Als er vom Schulhof gefahren war, grinsten wir uns an und schlugen die Hände zusammen.

»Yes! Wir haben unsere Aufgabe erfüllt!«, freuten wir uns.

Leider klatschte Mika mit seiner Hand versehentlich auf Rambos Nase, was der Rambo ihm sehr übel nahm. Während wir anderen bis zum Ende der Stunde Fußball spielten, rannte Mika vor dem Rambo davon, der böse knurrte und drohte, Mika und seine Batmanmaske windelweich zu schlagen. Zum Glück war Mika schneller.

Vielleicht waren es die Kräfte von Batman, die ihm halfen.

Der digitale Winter

Die nächsten Tage verliefen erstaunlich ruhig. Der Lehrer gab uns ganz normale Aufgaben, und wir bearbeiteten sie. Der Lehrer verschwand fast immer in seinem Direktorenbüro.

Dann hörten wir, wie die Frau des Lehrers sagte: »Ich finde, du müsstest deine Kinder wieder öfter persönlich unterrichten. Das geht nicht, dass du ihnen nur Aufgaben gibst und sofort weggehst.«

»Aber es heißt doch immer, dass die Kinder von heute eigenständig lernen sollen und ohnehin so schlau sind, dass die Lehrer schon fast von ihnen lernen.«

»Das ist Blödsinn. Kinder brauchen ihre Lehrer.«

Der Lehrer widersprach: »Aber ich bereite sie perfekt auf die Zukunft vor. Wenn dieses doofe Digi-Dingsbums erst mal startet, brauchen sie mich sowieso nicht mehr. Dann lernen sie nur noch digital. Wir Lehrer sind dann überflüssig.« Bei diesem Satz klang der Lehrer fast beleidigt.

»Kopf hoch, lieber Mann«, sagte die Frau des Lehrers. »Du siehst das alles viel zu schwarz. So radikal wird die Schule sich nicht ändern.«

»Das werden wir ja sehen«, unkte der Lehrer. »Ich glaube, uns steht ein tiefer langer Digi-Winter bevor. Vielleicht ein ewiger Winter.«

Am nächsten Morgen war dann plötzlich gar nichts mehr ruhig und normal. Unsere Klassentür war abgeschlossen! Da half alles Klopfen und Rütteln nichts.

Ein Zettel klebte dran: »Zutritt verboten! Digital-Arbeiten.«

Wir waren entsetzt.

»Jetzt ist es also doch passiert«, sagte Hanna.

»Digi-Dingsbums macht sich in unserem Klassenzimmer breit«, sagte Tiina.

»Schaut mal da!«, sagte Mika und zeigte mit zitterndem Finger auf ein Paar Turnschuhe, die neben der Tür abgestellt waren und garantiert dem Elektriker gehörten. Wahrscheinlich arbeitete er drinnen mit Arbeitsschuhen und trieb Digi-Dingsbums voran.

»Na warte, wenn ich den sehe, dann haue ich ihm voll eins in die Dingsbums-Grube! Äh, Magengrube«, drohte der Rambo.

»Soll ich jetzt den Bumerang werfen?«, fragte Pekka.

»Als Erstes sollten wir den Lehrer informieren«, sagte Timo.

Wir rannten zu seinem Büro. Um das rote Lämpchen kümmerten wir uns nicht, wir platzten einfach rein.

Der Lehrer saß an seinem Schreibtisch und starrte auf ein Papier. Er schien uns nicht wahrzunehmen.

Wir stellten uns im Halbkreis um seinen Tisch und warteten. Endlich hob der Lehrer den Blick und sah uns. Er seufzte. In seinem Augenwinkel glitzerte eine Träne.

»Ihr armen, armen Kinder«, murmelte er. »Das ist wirklich elend. In diesem Brief steht, dass das Geld künftig vor allem in Digi-Dingsbums fließen soll und an allem anderen gespart wird. Auch an uns Lehrern und an der Ausrüstung für echten Präsenzunterricht. Ihr Armen. Bald seid ihr in der Schule nur noch von Computern umgeben und nicht mehr von Menschen.«

Der Lehrer war völlig fertig. Konnten wir ihm jetzt noch von dem Mann in unserem Klassenzimmer erzählen? Doch, wir mussten es.

»Unsere Klasse ist abgeschlossen«, sagte ich.

»Und drinnen ist dieser Mann«, fügte Hanna hinzu. »Der Elektriker mit dem Koffer.«

»Den müssen wir unbedingt vertreiben«, klagte Mika. »Sonst muss ich meine Mutter anrufen.«

»Ach, Kinder«, seufzte der Lehrer. »Genau darum geht es doch. Euer altes Klassenzimmer wird jetzt der Digi-Raum. Ab sofort muss jede Schule so einen Raum haben. So sind die Bestimmungen. Und eure Klasse war das einzige Zimmer, das dafür infrage kam.«

Der Lehrer schnäuzte sich in sein Taschentuch.

Wir verstanden überhaupt nichts mehr.

»Und wo sollen *wir* dann hin?«, fragte ich verdutzt.

»Euer Zimmer war klein, und ihr seid nur wenige. Das Zimmer eurer Parallelklasse ist groß, und dort ist noch Platz für euch. Ab sofort stehen eure Tische dort.«

»Aber die sind doch ganz anders als wir! Das passt nicht zusammen!«, protestierten wir. »Unsere Klasse ist einzigartig, uns gibt es auf diesem Planeten nur ein einziges Mal. Wir sind die Klasse zweieinhalb, und das bleiben wir auch, basta.«

»Es hilft nichts, Kinder«, beharrte der Lehrer und zog ein unglückliches Gesicht. »Ich habe da nichts mehr zu melden. Der Digi-Strom wälzt sich jetzt einfach durch unsere Schule. Mir sind leider die Hände gebunden.« Er legte seine Handgelenke übereinander und hielt sie in die Luft.

Wir konnten keine Fesseln oder Stricke entdecken. Aber vielleicht war Digi-Dingsbums ja so schlimm, dass es mit unsichtbaren Fesseln arbeitete.

Bedröppelt verließen wir das Büro und trotteten zu unserer Parallelklasse, die immer nur ganze Klassen gehabt hat, nie eine halbe, so wie wir, die Klasse zweieinhalb.

Stumm setzten wir uns an unsere Tische. Die anderen Kinder musterten uns von oben bis unten. Wir kamen uns fremd vor. Wie auf einem fernen Planeten.

»Sagt mir Bescheid, wenn ich den Bumerang werfen soll«, flüsterte Pekka.

Der Lehrer ist ein heißer Typ

In unserem neuen Klassenzimmer war es verdammt eng. Wir waren so viele, dass einige Kinder sich auf der Pelle hockten und wir die vorderen Tische zur Seite schieben mussten, wenn wir in der Pause rausgehen wollten. Die Kinder aus der Parallelklasse starrten uns, die Neuen im Raum, mit offenen Mündern an. Als kämen wir von einem anderen Stern.

»Das zurrt sich zurecht. Hauptsache, wir vertragen uns«, sagte die Frau des Lehrers, die die Lehrerin der Parallelklasse war.

Hanna meldete sich.

»Bitte, Hanna, was gibt's?«, fragte die Lehrerin.

»Werden wir nun gar nicht mehr vom Lehrer unterrichtet?«

»Der Lehrer hat alle Hände voll zu tun mit der großen Digitalisierung, da schafft er das nicht«, antwortete die Lehrerin.

»Sehen wir unseren Lehrer überhaupt jemals wieder?«, fragte ich erschrocken.

»Liebt er uns etwa nicht mehr?«, fragte Tiina empört.

»Meine Mutter liebt jedenfalls den Lehrer«, verkündete Mika.

»Ach wirklich?«, fragte die Lehrerin, die ja die Frau des Lehrers war, mit erstaunter Stimme. *Wir* waren überhaupt nicht erstaunt – es war doch klar, dass jeder den Lehrer toll fand.

»Ja, meine Mama findet, der Lehrer ist ein richtig heißer Typ«, erzählte Mika weiter.

»Ach so?« Die Lehrerin bekam einen kleinen Hustenanfall.

»Mein Vater ist auch ein heißer Typ«, warf Pekka ein. »Sagt meine Mutter immer. Aber in seinem Skianzug sieht er trotzdem aus wie ein dicker Bär in Wurstpelle. Das sagt sie auch.«

Die Lehrerin gab uns schnell eine Gruppenarbeit und wollte den Lehrer suchen gehen; sie hätte dringend was mit ihm zu besprechen. Wir sollten in der Zwischenzeit mit Wattebällchen und Seidenpapier basteln. Die Materialkiste knallte sie uns noch auf den Tisch, dann verschwand sie.

Wir teilten die Watte und das Seidenpapier gerecht auf – die Watte bekamen wir, das Seidenpapier die Parallelklasse. Und dann verkleideten wir uns. Hanna, Tiina und ich bastelten einen langen Rauschebart. Timo bastelte einen Backenbart. Der Rambo bastelte einen Ziegenbart. Mika klebte einen Schnurrbart auf seine Batmanmaske. Und Pekka klebte sich ein dickes Wattegebilde oben an die Stirn.

»Was für eine Art von Bart ist das?«, fragte ich.

»Das ist kein Bart. Das soll eigentlich eine Löwenmähne sein«, erklärte Pekka.

»Ich finde, es sieht eher aus, als würde eine Möwe auf deinem Kopf sitzen«, bemerkte Hanna.

»Alles klar, das ist doch auch gut, dann ist das eben eine Möwe«, sagte Pekka zufrieden.

Auch wir anderen waren zufrieden. Wir waren perfekt verkleidet! Und in unserer Verkleidung würden wir ganz cool herausfinden, was in unserem alten Klassenzimmer vor sich ging. Immerhin waren wir Agenten in geheimer Mission.

»Wo wollt ihr hin?«, fragten die Kinder der Parallelklasse, als wir die vorderen Tische zur Seite schoben und Richtung Tür gingen.

»Wer ›ihr‹?«, nuschelte Hanna unter ihrem Bart hervor.

»Na *ihr*, die Kinder aus der Zweieinhalb!«, sagte ein Junge.

»Wir sind nicht die Kinder aus der Zweieinhalb. Du täuschst dich«, erwiderte ich und zeigte auf meinen Bart.

»Der ist doch nur aus Watte!«, protestierte ein Mädchen.

»Quatsch«, sagte Timo, »das ist alles echt. Wir sind sechs Geheimagenten und ein Junge mit einer Möwe auf dem Kopf.«

»Richtig, ich repräsentiere die wilde Meeresnatur«, sagte Pekka. Wir waren ganz verblüfft, dass er so reden konnte.

»Und weil wir nicht *wir* sind, sondern Agenten, dürfen wir während der Unterrichtszeit machen, was wir wollen«, erklärte Tiina.

Und so marschierten wir aus dem Zimmer. An der Tür drehte ich mich noch einmal um – die anderen schauten uns neidisch hinterher.

»Mann, sind die doof«, sagte jemand.

»Aber sie haben eine Menge Spaß«, sagte jemand anderes. »Mehr als wir, glaube ich.«

Danach hörte man nur noch das leise Rascheln von Seidenpapier.

Ein komischer Ball

Als wir vor unserem alten Klassenzimmer standen, entdeckten wir sofort wieder die Männerschuhe. Der Mann mit dem Koffer war also noch da. Von drinnen ertönten gedämpfte Geräusche.

»Das ist der schreckliche Typ«, flüsterte Hanna. »Ich traue ihm wirklich alles zu!«

Wir nickten finster.

Ich wollte an die Tür klopfen – doch Timo stoppte mich.

»Lieber nicht«, sagte er.

»Und warum nicht?«, fragte ich.

»Wir sollten es nicht auf dem klassischen Weg versuchen. In unserem alten Klassenzimmer ist eine Bestie, die uns Digi-Dingsbums bringt. Da können wir nicht einfach klopfen und hineingehen. Besser ist es, wir haben einen gut durchdachten Plan.«

Wir warteten.

Timo überlegte.

»Ich hab's«, sagte er schließlich. »Der Plan geht so.«

Und dann erklärte er ihn. Der Plan war prima, so wie alles, was Timo vorschlug. Er bestand aus drei Teilen: Erstens klopfen, zweitens warten, drittens in die Klasse stürmen.

Ich klopfte. Nun mit Timos Erlaubnis. Drinnen hörten die Geräusche sofort auf.

»Wer ist da?«, fragte eine Männerstimme. Er *war* es, wir erkannten die Stimme von dem Kerl mit dem Metallkoffer sofort. Vielleicht war er ja eine Art Tierpfleger und kümmerte sich um die Bestie, die das Digi-Dingsbums brachte?

»Hier ist …« Leider fiel mir keine gute Antwort ein. Unsere wahren Namen würde ich ihm nicht sagen, und dass wir Agenten waren, durften wir auch nicht verraten.

»Hier ist Gandalf der Graue mit seinen Digi-Rittern. Wir sind da, um Digi-Dingsbums zu holen«, sagte Timo mit verstellter Stimme.

»Und ich bin eine Möwe am Meer«, sagte Pekka extratief und brummig.

Hinter der Tür blieb es still.

Und irgendwann gingen die Geräusche wieder weiter.

»Das hat wohl nicht geklappt«, jammerte Mika und

drehte traurig seine Agentenmaske um – aus Batman mit Schnurrbart wurde der Joker.

»Großartige Idee, danke, Mika«, sagte Timo anerkennend, »Jetzt werden wir es schaffen.«

»Äh, du meinst mit der umgedrehten Maske?«, fragte Mika verwirrt.

»Ja«, erwiderte Timo. »Nach einem ersten Versuch muss immer ein zweiter folgen, mit neuer Taktik.«

»Oh, na gut. Dachte ich's mir doch«, sagte Mika schnell.

Timos neue Taktik ging so: Mika behielt die Jokermaske auf. Und statt den Weg durch die Tür zu nehmen, würden wir nach draußen gehen und durch die Fenster schauen.

Dumm nur, dass die Fenster ziemlich hoch lagen. Noch nicht mal hüpfend konnten wir in unser altes Klassenzimmer spähen. Also gingen Hanna, Timo und ich auf alle viere, und auf unseren Rücken gingen wiederum der Rambo und Tiina auf alle viere. Pekka kletterte nach ganz oben und vervollständigte die Pyramide. Und er hatte allerbeste Sicht.

»Was siehst du?«, fragte Timo ächzend.

»Ich sehe eine Möwe, die auf einem komischen Ball sitzt.«

»Der komische Ball ist dein Kopf, Pekka«, sagte Hanna. »Du siehst dein Spiegelbild.«

»Ah ja, stimmt! Wartet mal, ich gehe mit dem Kopf näher an die Scheibe. Prima, jetzt kann ich reingucken.«

»Und was siehst du?«, fragte ich.

»Einen Ball ohne Möwe. Das ist dann wohl der Kopf von diesem Koffer-Mann«, sagte Pekka.

Schon öffnete sich ein Fenster an der Seite, und der Mann erschien. Er machte ein ziemlich böses Gesicht.

»Oh, ein Ball mit schlechter Laune«, sagte Pekka.

»Was habt ihr Kinder hier nur wieder zu suchen?«, schimpfte der Mann.

»Wir *sind* doch gar keine Kinder«, flüsterten wir Pekka zu, »du musst ihn davon überzeugen!«

»Ähm, wir sind keine Kinder, sondern Weihnachtswichtel«, sagte Pekka. »Das sieht man an den Bärten. Und ich bin ein Geschöpf der Natur, eine Möwe, vielleicht erkennst du es ja. Ich soll dich von den Wichteln fragen, ob du auch immer schön brav gewesen bist.«

Darauf ging der Mann nicht ein. »Müsstet ihr nicht im Unterricht sein? Ehrlich, ich fühle mich von euch schon richtig verfolgt! Ich hoffe, ihr seid keine Stalker.«

»Tiina«, flüsterte Hanna, »benutz doch mal deine Agentenhaarbürste und piks dem Mann in die Nase!«

»Tolle Idee«, flüsterte Tiina und verließ spontan die Pyramide, woraufhin natürlich alles zusammenkrachte und wir auf dem Rasen durcheinanderpurzelten.

Der Einzige, der fehlte, war Pekka.

Er war absolut nirgends zu sehen.

»Der Koffer-Mann hat ihn entführt«, sagte Hanna mit Grabesstimme.

Digi-Dingsbums als Entführer

»Hilfe, Hilfe!«, brüllten wir im Chor, als wir in die Polizeistation rannten. Nur Pekka und Tiina fehlten. Tiina, weil sie ihre Haarbürste suchte, und Pekka, weil er entführt worden war.

»Sie müssen uns helfen! Digi-Dingsbums hat unseren Freund entführt!«, rief ich.

»Vielleicht frisst es ihn gerade auf!«, rief Hanna.

»Ja, vielleicht ist es so was Ähnliches wie ein Wolf, aber ein echter, kein Märchenwolf!«, rief Timo.

»Vielleicht ist Digi-Dingsbums stärker als der Joker!«, wimmerte Mika.

»Wenn ich Digi-Dingsbums erwische, prügele ich es windelweich!«, knurrte der Rambo.

Der junge Polizist kratzte sich am Kopf und sah uns ratlos an. Eigentlich kannten wir die Polizisten schon alle von unseren früheren Abenteuern, aber den hier hatten wir noch nie gesehen. Er musste neu sein.

»Kollege, kommst du mal?«, rief er nach hinten und ließ uns nicht aus den Augen.

»Was ist denn los?«, antwortete eine tiefe Stimme aus dem Hinterzimmer.

»Was los ist? Digi-Dingsbums ist los!«, brüllten wir.

»Aha, das sind mehrere, ich höre es«, rief die tiefe Stimme. »Sehen sie vielleicht ein bisschen so aus wie Wichtel?«

»Ja, jetzt, wo du es sagst ...«, antwortete der Neue. »Es kommt hin. Bärte und so.«

»Und sie reden wirres Zeug?«

»Oh ja.«

»Und einer sieht aus wie Batman?«

»Nein, wie der Joker. Aber das ist ja quasi dasselbe.«

»Dann ist alles klar. Der Fall ist bereits gelöst.«

»Wirklich?!« Die Stimme des Neuen klang bewundernd.

»Jep. Du bringst das Grüppchen einfach in die Schule im Nachbarviertel und übergibst sie ihrem Lehrer. Und dann nichts wie weg.«

Der Lehrer, seine Frau, Pekka und Tiina standen auf dem Schulhof, als der junge Polizist mit uns vorfuhr.

»Ich hätte hier ein paar Kinder abzuliefern, die sich zu uns auf die Station verirrt haben«, sagte er. »Ihr Anliegen blieb etwas unklar, aber jetzt sind sie wieder da, wo sie hingehören: in der Schule. Wie gesagt, sie haben ziemlich wirres Zeug geredet.«

»Genau das denke ich auch immer – wenn ich Politikern zuhöre. Viele Worte, unklare Botschaft«, sagte der Lehrer mit genervter Stimme.

»Schatz, bitte denk dran, Haltung zu bewahren, du bist hier jetzt der Direktor und obendrein doch eigentlich ein heißer Typ«, flüsterte die Frau des Lehrers.

»Ist hier in der Schule vielleicht so was wie Fasching oder so? Weil die Kinder so komisch aussehen?«, fragte der Polizist und musterte den Lehrer von oben bis unten.

»Nein, kein Fasching. Die Kinder sehen oft so aus. Und mich brauchen Sie auch nicht so anzustarren; ich sehe immer so aus wie heute.«

»Gut, na ja, jedenfalls sollten Sie künftig besser auf Ihre Schüler aufpassen. Es ist nicht schön, unnötig bei der Arbeit gestört zu werden. Wir haben Wichtigeres zu erledigen, als chaotische Kinder herumzukutschieren.«

Der Lehrer lief rot an. »Könnten Sie sich vorstellen, dass ich die Kinder vielleicht *extra* zu Ihnen schicke? Damit auch *ich* meine Arbeit mal in Ruhe erledigen kann? Ist meine Arbeit an dieser Schule etwa weniger wichtig als Ihre?« Seine Stimme wurde immer lauter.

Die Frau des Lehrers schüttelte seufzend den Kopf und ging mit einem Schulterzucken ins Schulgebäude.

»Moment mal. Die Schüler stören Ihre Arbeit?«, fragte der Polizist verdutzt.

»Ja. Und wenn Sie jetzt noch einmal sagen, dass meine Arbeit *nicht* wichtig wäre, dann …« Der Lehrer ging einen Schritt auf den Polizisten zu. Der begann, ungeschickt sein Handy aus der Tasche zu fummeln.

»So meinte ich das doch gar nicht«, sagte er schnell. »Und die Kinder scheinen ja auch wirklich schwierig zu sein. Undiszipliniert. Die bräuchten mal …«

Der Lehrer schnitt dem Polizisten das Wort ab und ging noch einen Schritt auf ihn zu.

»Die bräuchten gar nichts! Die dürfen genau so sein, wie sie sind!«, brüllte er. »Das sind *Kinder*! Und Kinder *sind* eben manchmal chaotisch und stören uns Erwachsene! Das ist genau der Punkt: *Deren* Kindheit besteht darin, dass *wir* uns regelmäßig gestört fühlen! So weit, so gut, das ist völlig klar, oder? Und trotzdem, auch wenn man das weiß, ist man manchmal ausgebrannt und kann einfach nicht mehr! Aber es geht gnadenlos immer weiter, Woche für Woche muss man sich in die Schule schleppen und erziehen, erklären und ertragen! Vor allem: ertragen!« Der Lehrer klebte jetzt fast am

Gesicht des Polizisten und hatte einen dunkelroten Kopf bekommen.

Der Polizist hielt sich sein Handy an den Mund und nuschelte: »Schnell, ich brauche Verstärkung. Bitte einen ganzen Mannschaftswagen. Die Situation ist bedrohlich.«

»Du bist auf dem Schulhof?«, hörten wir die Stimme des Kollegen von vorhin aus dem Handy tönen. »Und vor dir steht ein großer, schlanker Mann mit Brille?«

»Richtig«, sagte der junge Polizist. »Woher weißt du das?«

»Erfahrung«, sagte sein Kollege. »Und der Mann mit Brille ist jetzt laut und unangenehm geworden? Und denkt, er müsste alle belehren?«

»Absolut, ja.«

»Und was er redet, ist im Grunde ähnlich wirr wie das, was seine Schüler immer erzählen?«

»Oh ja.« Der Polizist nickte.

»Mach dir keine Sorgen. Es ist alles in Ordnung und ganz normal. Der Mann ist zwar lästig, aber im Grunde vollkommen harmlos. Verabschiede dich einfach und komm zurück aufs Revier.«

»Wirklich?«

»Ja, wirklich.«

»Einfach so?«

»Einfach so.«

»Gut.«

»Na dann, Ende.«

»Ende.« Damit drehte der Polizist sich flugs um, sagte »Schönen Tag noch«, stieg schnell in sein Auto und fuhr davon.

Ich will aber kein Zombie sein!

»Entführt? So ein Quatsch, ich habe mich einfach nur am Fensterbrett festgehalten, als ihr unter mir weggebrochen seid«, sagte Pekka. »Und der Koffer-Mann hat mich zum Glück ins Klassenzimmer gezogen und dann raus auf den Flur gebracht.«

»Echt? Du warst im Klassenzimmer? Hast du die Bestie gesehen?«, fragte ich.

»Nein. Das Zimmer wirkt eigentlich wie immer. Außer, dass haufenweise Kabel herumliegen. Und dann konnte ich noch das hier mitnehmen.« Pekka zeigte uns einen Schlüssel, der erstaunlich normal aussah. Stinknormal, wenn man es genau nahm. »Den habe ich dem Mann weggenommen. Einfach aus der Hosentasche gemopst, während er mich über die vielen Kabel rüber zum Flur getragen hat.«

Pekka war echt ein Spitzenagent. Trotzdem hatten wir im Moment noch keine Idee, was wir mit dem Schlüssel anfangen konnten. Aber das würde bestimmt noch kommen. So lange steckte Hanna ihn in ihr Stiftemäppchen.

Pekkas Bericht war merkwürdig. Wir hatten fest geglaubt, dass in unserem Klassenzimmer ein gefährliches Ungeheuer hockte. Aber jetzt befanden sich dort nur massenweise Kabel. Das hörte sich irgendwie völlig ungefährlich an. Was hatte diese Wendung zu bedeuten?

»Wir haben uns getäuscht«, sagte Timo mit düsterer Stimme. »Und wir müssen den Tatsachen ins Auge sehen. Besser genau hingucken als nachher falschliegen.«

»Aber warum sollten wir falschliegen?«, fragte ich.

»Weil Digi-Dingsbums kein Ungeheuer ist.« Timo sah mit bedeutungsvollem Blick in die Runde. »Digi-Dingsbums ist eine Maschine.«

Das mussten wir erst mal auf uns wirken lassen. Eine Maschine? Das hörte sich ja überraschend ungefährlich an! Die Welt war doch sowieso voller Maschinen. Wie sollte da eine mehr überhaupt noch einen Unterschied machen?

Timo erklärte es uns. »Diese Maschine ist eine, die alle anderen Maschinen beherrscht. Und sie hat nicht nur die Macht über andere Maschinen, sondern über alles. Auch über Menschen.«

»Oh! Dann ist die Maschine wie meine Mutter«, sagte Mika munter.

»Deine Mutter beherrscht alle Maschinen?«, fragte ich verdattert.

»Ja, und nicht nur das. Auch alle Menschen«, sagte Mika.

»Ich muss mich einschalten«, schaltete Timo sich ein. »Die Digi-Dingsbums-Maschine ist sogar *noch* viel mächtiger. Sie stiehlt uns die Schulbücher, verwandelt Lehrer in Sklaven und uns in Zombies.«

Uns wurde gruselig.

»Ich will kein Zombie sein«, jammerte Tiina. »Außerdem haben die immer so schlecht sitzende Haare.«

»Ich will auch kein Zombie sein. Denen läuft ständig Spucke aus dem Mund, das ist eklig«, sagte ich.

»Zombies sind schrecklich«, wimmerte Mika.

»Zombies ernähren sich von Hirn, das mag ich nicht«, knurrte der Rambo.

»Hört auf zu jammern«, sagte Hanna. »Das hilft uns jetzt nicht weiter.«

»Hanna hat recht«, entschied Timo. »Außerdem hat Pekka doch gar keine Maschine gesehen! Im Moment liegen nur die Kabel in unserem Klassenzimmer. Das heißt: Die Maschine ist noch nicht angeschlossen. Wir haben also genug Zeit, diesen entsetzlichen Schritt zu verhindern.«

Das klang gar nicht so schlecht, fanden wir. Beinahe tröstlich. Aber wir würden uns mächtig ins Zeug legen müssen.

»Was ist eigentlich mit dem Lehrer?«, überlegte ich. »Weiß er, dass die Gefahr immer näher rückt? Steckt er vielleicht sogar mit dem Digi-Dingsbums unter einer Decke?«

»Natürlich nicht«, schimpfte Hanna, »wie kommst du denn auf so was? Der Lehrer ist vollkommen unschuldig und genauso in Gefahr wie wir.«

»Und selbst *wenn* er was weiß – dann hat man ihn garantiert betrogen. Einfach hereingelegt! Er ist doch so lieb und gutgläubig«, sagte Tiina.

»Garantiert hat der Koffer-Mann was mit dem Ganzen zu tun. Aber das ist ja nichts Neues«, sagte ich. »Ich frage mich nur, wieso wir – supernette Kinder – in Zombies verwandelt werden sollen. Wer denkt sich etwas so Furchtbares aus?«

»Wir werden es herausfinden«, sagte Timo feierlich und hielt sein Agentenbuch in die Höhe. Ich holte meinen Agentenstift hervor und streckte ihn ebenfalls in die Luft. Tiina wedelte mit ihrer Agentenhaarbürste, und Mika wechselte wie wild von Batman auf Joker und wieder zurück. Der Rambo drosch mit seinen Pfefferboxhandschuhen auf einen unsichtbaren Gegner ein, und Pekka zielte mit dem Bumerang Richtung Himmel. Hanna sah uns zufrieden an und strich über eine kleine Tasche. In der befand sich ihre persönliche Geheimwaffe.

Gerade noch rechtzeitig sahen wir den Koffer-Mann aus der Schule kommen. Das silberne Metall des bösen Koffers funkelte in der Sonne. Mit leisen, schnellen Schritten ging er über den Schulhof.

Wie ein Schatten hefteten wir uns an ihn und schlichen ihm hinterher.

Hinter allem steckt die Liebe

Der Mann drehte sich zum Glück nicht um. Er schaute immer nur nach vorn und ging in flottem Tempo. Wahrscheinlich hatte er ein Ziel vor Augen. Wir folgten ihm wie ein kleiner Spatzenschwarm, allerdings ohne den aufgeregten Krach, den Spatzen verbreiteten. Wir waren sogar superleise. Fast wie Geister. Oder Zombies.

»Soll ich den Bumerang nach ihm werfen?«, flüsterte Pekka, als der Mann an einem Schaufenster stehen blieb und hineinsah.

Pekka wollte bereits zielen, als der Mann wieder weiterging und auf den Park zusteuerte. Er marschierte hindurch, an der Bibliothek vorbei, überquerte den Marktplatz und bog in die nächste Straße ein. Sein Gang war selbstbewusst und aufrecht und schien sogar noch eine Spur schneller zu werden. Er wusste genau, wohin er wollte.

»Er will garantiert ins Hauptquartier, um neue Befehle zu erhalten«, flüsterte Hanna.

»Und gleichzeitig holt er die böse Digi-Dingsbums-Maschine ab«, flüsterte Tiina und zitterte ein bisschen.

»Keine Panik«, flüsterte Timo zurück. »Wir schauen einfach zu, was passiert. Und danach wissen wir, wer oder was bei all dem Schrecklichen dahintersteckt.«

»Das weiß ich schon längst«, murmelte Pekka.

»Echt jetzt?«, frage ich.

»Hinter allem steckt die Liebe«, verkündete Pekka. »Hat mein Vater neulich gesagt.«

»Ach. Und in was für einer Situation war das?«, fragte ich.

»Als er eine teure Angelrolle gekauft hatte und meine Mutter wissen wollte, was denn bitte hinter dieser Aktion stecken würde.«

Das klang interessant. Ich hätte gerne mehr gefragt, aber in diesem Augenblick schlüpfte der Koffer-Mann durch ein Tor und ging auf ein großes graues Gebäude zu, das von dunklen Tannen umgeben war. Klarer Fall: Dies musste der Sitz von Digi-Dingsbums sein. Hier also befand sich die Maschine des Grauens. Es war die Höhle des Bösen!

»Kein Wunder«, sagte Hanna trocken und sah sicherheitshalber noch mal auf das Schild neben der Tür. »Das Gymnasium. Unsere Nachbarschule.«

»Wir hätten es uns eigentlich denken können«, sagte ich.

»Die böse große Schule will die nette kleine Schule erobern«, sagte Tiina.

»Die sind neidisch, weil wir ein so tolles Leben haben und sie nicht«, sagte Mika und erstaunte uns alle. Sonst fühlte er sich doch meistens schrecklich.

»Auf der anderen Seite des Zauns ist die Schule immer grüner. Äh, leckerer«, sagte Timo, der einfach immer den passenden Spruch parat hatte.

»Sagt mir, wo die anderen Schüler gerade sind, und ich haue sie alle windelweich«, drohte der Rambo und schwang seine Boxhandschuhe.

Nur Pekka sagte nichts. Der hatte bereits seinen Agenten-Bumerang geworfen! Und dabei genau das Fenster über dem Eingang getroffen. Das auch prompt kaputtging, *klirr*! Eigentlich hatte er den Koffer-Mann treffen wollen. Doch das mit dem Fenster machte nichts, der Bumerang funktionierte trotzdem: Er kam auch jetzt wieder zum Werfenden zurück. Und wer war es, der den Bumerang zurückbrachte? Der Schuldirektor persönlich, dessen Zimmer genau über dem Eingang lag.

Der Direktor war ein großer Mann. Und ein böser

GYMNASIUM

Mann, jedenfalls in diesem Moment. Sein Gesicht lief rot an, sein dichter langer Bart zitterte.

»Habt *ihr* dieses dumme Ding durch mein Fenster geworfen?«, brüllte er. Uns trafen sogar ein paar wütende Speicheltropfen.

»Nein«, sagte ich und schüttelte entschieden den Kopf.

»Auf gar keinen Fall«, unterstützte Hanna mich.

»Das war ein starker Mann mit wehendem rotem Umhang, und der ist gerade eben weggeflogen«, behauptete Tiina.

»Ich bin übrigens nicht Batman, sondern der Joker«, sagte Mika. »Und jetzt wieder Batman. Und jetzt wieder der Joker.« Er drehte seine Maske wild hin und her.

»Könnte ich meinen Bumerang bitte wiederhaben?«, fragte Pekka, der unsere Strategie nicht verstanden hatte.

Da wurden wir sofort alle abgeführt. Direkt in die Höhle des Bösen. Dort würden wir Rede und Antwort stehen müssen. Aber auch Wichtiges herausbekommen. Das Agentenleben war aufregend!

Das wird noch ein Nachspiel haben!

Das Verhörzimmer sah schlimm aus: Ein strenger, langer Tisch. Ein Regal voller dunkler Ordner. Eine grelle Lampe. Eine vertrocknete Pflanze. Und ein kaputtes Fenster. Doch wenn man ehrlich war, sah das Direktorenbüro unserer Schule auch nicht besser aus – mit dem Unterschied, dass dort das Fenster heil war.

Der Direktor *dieser* Schule, höchstwahrscheinlich der Chef-Bösewicht und Erfinder des schlimmen Zombie-Plans, setzte sich an den Tisch. Wir stellten uns in einer Reihe vor ihm auf. Der Direktor hielt Pekkas Bumerang in der Hand und drehte ihn hin und her. Dabei starrte er uns wütend an. Wir starrten zurück – jetzt bloß nicht einschüchtern lassen.

»Wer seid ihr eigentlich?«, fragte der Direktor uns.

Da mussten wir aufpassen, nicht laut loszulachen. Glaubte der blöde Kerl, wir würden ihm einfach so verraten, wer wir waren? »Hallo, wir sind Agenten in geheimer Mission, und wir kämpfen gegen die Gefahren durch Digi-Dingsbums?« Nein, da hatte er sich gehörig getäuscht! So leicht legte man uns nicht herein.

»Ich bin die ganz normale Tiina«, sagte Tiina.

»Und ich bin die fröhliche Ella«, sagte ich.

»Und ich die tüchtige Hanna«, sagte Hanna.

»Und ich der aufgeweckte Timo«, sagte Timo.

»Und ich bin unwichtig«, sagte Mika leise.

»Ich weiß nicht genau, wer ich bin«, sagte Pekka und kratzte sich am Kopf.

Das klang alles wunderbar normal und unauffällig, hofften wir.

Der Rambo sagte als Einziger gar nichts. Er glotzte nur unaufhörlich den Direktor an.

Merkwürdigerweise sagte der Direktor: »Du scheinst mir der einzige Normale zu sein«, und sah dabei ausgerechnet den Rambo an. »Sag mir doch bitte mal, was hier eigentlich los ist.«

Doch das tat der Rambo natürlich nicht. Statt zu antworten, boxte er mit den Händen auf den Tisch ein und entließ dabei eine gewaltige Pfefferwolke. Die stieg

dem Direktor geradewegs in die Nase. Wenn der Direktor vorhin schon rot gewesen war, dann wurde er jetzt dunkelrot. Dass es so ein tiefes Rot überhaupt geben konnte! Wie die allerreifste Tomate! Oder ein Feuerwehrauto, das im Schein eines Feuers leuchtete. Oder ein endloser Sonnenuntergang. Mehr Vergleiche konnte ich mir nicht ausdenken, denn dazu blieb keine Zeit mehr. Wir mussten flüchten!

»Lauft, so schnell ihr könnt!«, zischte Timo.

Und das taten wir. So lange der Direktor noch nieste, hustete und sich die Augen rieb, mussten wir für einen guten Vorsprung sorgen. Leider rannte Mika gegen die Zimmerpflanze und verhedderte sich.

»Hilfe, ich werde gekidnappt«, rief er unter seiner Maske hervor. Er konnte wohl nicht sehen, dass es nur ein kleines Pflanzenstämmchen war, an dem er festhing.

»Wir müssen zurück, Mika ist noch im Zimmer!«, rief ich.

»Und mein Bumerang auch!«, fiel Pekka ein. »Los, zurück!«

Pekka und ich rannten wieder in die Höhle des Bösen und befreiten Mika. Pekka schnappte sich den Bumerang.

»Seid ihr verrückt geworden? Jetzt aber los«, giftete Timo und zerrte uns wieder auf den Flur.

Leider mussten nun auch wir husten, und sogar die Augen brannten uns. Wir konnten kaum noch sehen! Wären wir doch bloß nicht wieder ins Zimmer gegangen. Doch Hanna nahm uns fürsorglich an den Händen und führte uns Richtung Ausgang.

Im Treppenhaus begegneten wir dummerweise dem Koffer-Mann.

»Huch? Was macht ihr denn hier?«, fragte er verdutzt. »Besucht ihr etwa gleich *zwei* Schulen?«

»Nein, das tun wir nicht. Und wir sind auch nicht ›wir‹«, sagte ich, »Sie täuschen sich.«

»Genau«, sagte Timo, »wir sind Miina, Manna, Bella, Dino und der Bambo, und der da mit der Maske ist Batmans Freund Robin.«

»Und ich bin Pekka«, sagte Pekka, der unsere Strategie wieder nicht verstanden hatte.

Egal. Ich nahm Pekka an der Hand, zog ihn mit, und ohne uns noch mal zu dem Mann umzusehen, rannten wir nach draußen. Geschafft!

Blöderweise streckte der Direktor ausgerechnet in diesem Moment seinen Kopf durch das kaputte Fenster und sah uns.

»Glaubt ja nicht, dass ihr einfach so davonkommt!«, brüllte er und hustete. »Das wird noch ein Nachspiel haben!«

Notfall

Es war ein echter Notfall. Da half nur eine Krisensitzung, und die hielten wir sofort ab, als wir wieder an unserer Schule angekommen waren.

»Wenn der Koffer-Mann uns erkannt hat, dann sagt er dem Direktor garantiert, von welcher Schule wir sind«, überlegte Timo.

»Aber wieso sollte er uns erkannt haben?«, fragte Tina. »Wir haben uns ja mit unseren Agenten-Namen vorgestellt, nicht mit unseren echten.«

»Pekka hat leider seinen richtigen Namen verraten«, erinnerte ich.

»Das ist nicht weiter schlimm. Es gibt ja auch noch andere Leute, die Pekka heißen«, warf Hanna ein.

»Nein«, widersprach Pekka. »Ich bin der Einzige und bleibe es auch. Das sagen meine Eltern immer. Sie sind sehr dankbar, dass es nicht noch mehr von meiner Sorte gibt. Einzelkind auf immer und ewig!« Er hatte da zwar was falsch verstanden, wirkte aber sehr stolz.

Leider konnten wir nicht ausschließen, dass der

Koffer-Mann uns an den Direktor verraten würde. Deshalb brauchten wir einen Plan. Und der musste möglichst genial sein. Immerhin wollte niemand von uns in einen Zombie verwandelt werden.

»Jedenfalls wissen wir schon mal, wer hinter der ganzen Geschichte steckt«, sagte Timo. »An dem Punkt müssen wir weiterdenken.«

»Genau, dahinter steckt ja immer die Liebe«, rief Pekka.

»Das kann schon sein, aber in diesem Fall ist es wohl vor allem der Direktor der anderen Schule, den wir im Auge behalten müssen«, sagte Timo. »Er ist derjenige, der uns in Zombies verwandeln will. Er hat dem Koffer-Mann den Auftrag gegeben, das Digi-Dingsbums in unserem Klassenzimmer aufzustellen. Und Digi-Dingsbums ist das Verwandlungsgerät, das uns zu Zombies macht.«

»Was hat der Direktor der anderen Schule eigentlich davon, wenn er uns mit dem Digi-Dingsbums in Zombies verwandelt?«, überlegte ich.

»Ist doch klar«, schaltete Hanna sich ein. »Wir werden Sklaven seiner Schule. Seiner Schüler, genauer gesagt. Die können alles mit uns machen. Als Zombies gehorchen wir blind – wir sabbern höchstens ein bisschen mehr oder ein bisschen weniger, aber was anderes können wir dann nicht mehr selbst bestimmen.«

Diese Aussicht fanden wir absolut gruselig. Nie wieder eigenständig denken können, wie schrecklich!

Unser armer Lehrer würde vom Digi-Dingsbums überflüssig gemacht werden, wie er ja schon gesagt hatte, und wir in Zombiesklaven verwandelt. Und dann mussten wir für den Rest unseres nie endenden Zombielebens blass und sabbernd die Hausaufgaben für die Kinder der anderen Schule erledigen. Nie wieder würden wir bei unserem Lehrer in unserem alten Klassenzimmer sitzen und wir selbst sein.

Eines war klar: Das mussten wir unbedingt verhindern!

Und so schmiedeten wir unseren Plan.

→ wird gerettet.
Unser Lehrer wird
gerettet. Und damit
auch wir!

Woanders

Der schwarze Lieferwagen, der in der Morgensonne vor der Schule stand, wirkte richtig gefährlich. Ein Auto, das so aussah, verhieß nichts Gutes. Auf der Seite stand in Großbuchstaben: DIGI-SCHUB.

Wir rüttelten an der hinteren Tür – zu. Aber zum Glück hatte Tiina ihre Agentenhaarbürste dabei. Während wir so taten, als würden wir uns gründlich die Haare bürsten, fummelte Tiina mit einer einzelnen Borste am Türschloss herum und versuchte, es zu knacken.

»Das war's«, sagte sie plötzlich.

»Die Tür ist auf?«, fragte ich beeindruckt.

»Nein. Die Borste ist im Schloss stecken geblieben. Zumindest ein Stückchen von ihr.«

In diesem Moment kam der Koffer-Mann auf uns zu. Beziehungsweise auf seinen Lieferwagen. Wir versteckten uns schnell hinter Timos Agentenbuch und beobachteten ihn. Mit so vielen Personen und nur einem Guckloch war das gar nicht so leicht. Aber anscheinend machten wir unsere Sache gut, denn außer mit einem genervten Stöhnen reagierte der Mann nicht weiter auf uns. Wir waren eben perfekte Agenten.

Jetzt versuchte der Mann, die Hintertür seines Lieferwagens aufzuschließen. Und da stöhnte er gleich noch mal genervter. Und lauter!

»Das ist ja wie verhext!«, schimpfte er und rüttelte an der Tür. Als das nicht half, trat er sogar mit dem Fuß gegen sein Auto, doch auch das nützte nichts. Die Tür blieb zu.

»So ein Ärger. Das Schloss ist wohl kaputt. Ich muss einen Schlosser anrufen und es reparieren lassen«, seufzte der Mann.

Als Nächstes wollte er die Fahrertür aufschließen, doch auch das klappte nicht:

»Verdammt! Erst geht die Tür hinten nicht auf, und dann bricht mir beim Rütteln auch noch der Schlüssel ab. Jetzt kann ich keine einzige Wagentür mehr aufschließen.« Er raufte sich die Haare und schaute sich gereizt um. »Mit der Schule hier stimmt irgendwas nicht. Vielleicht liegt ein Fluch über diesem Ort.« Wütend trat der Mann nach einem Stein.

Und der Stein flog geradewegs gegen die Fahrradklingel von niemand anderem als dem Lehrer! Von dem lauten Klang erschrak der Lehrer so, dass er versehentlich in einen Rosenbusch fuhr.

»Aua!«, schimpfte er. Rosenbüsche haben eine Menge Stacheln.

»Oh nein!«, rief der Koffer-Mann.

»Guten Morgen, Herr Lehrer!«, riefen wir. Dann halfen wir dem Lehrer, sich aus den stacheligen Rosen zu befreien. Und zogen ein paar abgebrochene Stacheln aus seinem Pulli und seiner Hose. Vor allem am Popo waren viele.

Auch an diesem Vormittag saßen wir wieder bei der Parallelklasse im Zimmer. Die Frau des Lehrers, die ja selber Lehrerin war, erzählte uns eine Menge zum Thema Wald und Wölfe, aber uns lenkte das nur von unserer Arbeit als Geheimagenten ab. Denn natürlich ließen wir den Lieferwagen, der gut sichtbar auf dem Schulhof stand, keine Sekunde aus den Augen. Wir waren uns sicher, dass darin das Digi-Dingsbums stand und nur darauf wartete, die Macht an sich zu reißen.

»Was für eine Art von Zuhause baut sich der Wolf, Ella?«, fragte die Lehrerin.

»Er baut sich eine Höhle unter dem Lieferwagen«, sagte ich.

»Und wie sieht es in seiner Höhle aus, Hanna?«, fragte die Lehrerin weiter.

»Schwarz«, sagte Hanna.

»Wer ist der schlimmste Feind des Wolfes, Tiina?«

»Der Mann mit dem silbernen Koffer.«

»Wovon ernährt sich der Wolf, Mika?«

»Von Gehirn.«

»Mach bitte mal nach, wie ein Wolf klingt, Rambo.«

Der Rambo knurrte leise.

»Nein, das war zu zart«, sagte die Lehrerin, »Wölfe heulen richtig. Wo seid ihr denn heute mit euren Gedanken, Kinder?«

»Woanders«, krähte Pekka.

»Tja. Das ist dann wohl bis jetzt die erste zutreffende Antwort«, sagte die Lehrerin. »Ich schätze, ich sollte euch etwas eher in die Pause schicken, es hat anscheinend keinen Zweck.«

Ein perfektes Timing! In genau diesem Augenblick tauchte der Koffer-Mann auf und redete mit einem anderen Mann. Das musste der Schlosser sein.

Blitzschnell rannten wir hinaus.

Akku alle

Als wir am Lieferwagen ankamen, hatte der Schlosser gerade die hintere Tür aufgekriegt. Er klappte sie so weit auf, dass wir ins Innere des Wagens schauen konnten.

Merkwürdig! Die Ladefläche war so gut wie leer. Kein Digi-Dingsbums, kein gar nichts! Nur eine winzige Pappschachtel, die garantiert nichts Gefährliches enthielt. Konnte das wirklich alles sein?

Als der Schlosser verschwunden war und der Koffer-Mann mit unserem Lehrer redete, nutzten wir unsere Chance, schlüpften unauffällig in den Wagen und sahen uns um. Gleichzeitig belauschten wir das Gespräch der Erwachsenen draußen vor dem Auto.

»Ist denn dieser unnütze, neumodische Kram bald fertig?«, fragte der Lehrer.

»Ob das nun unnütz ist, müssen wir wohl andere entscheiden lassen«, sagte der Koffer-Mann. »Aber davon abgesehen: Ja, morgen werde ich hier fertig sein. Einmal noch rüber in die Lagerhalle und wieder zurück hierher, dann ist alles erledigt.«

»Hätten Sie Ihre Arbeit nicht schon heute beenden sollen?«, hakte der Lehrer nach.

»Da haben Sie recht, aber an diesem Standort lief es leider nicht gerade rund.«

»Aha? Das kenne ich! Na ja, jedenfalls drücke ich Ihnen die Daumen, dass Sie morgen fertig werden. Soll ja feierlich eingeweiht werden, das Ganze.«

»Vielen Dank. Ja, je eher ich hier abhauen kann, desto besser.«

Damit knallte er die hintere Tür zu, setzte sich vorn ins Auto und startete den Motor. Dummerweise hatten es Pekka und Mika nicht rechtzeitig aus dem Wagen geschafft. Wir anderen waren sicherheitshalber schon wieder rausgeklettert. Wir hatten sowieso nichts Interessantes im Auto gefunden – vermutlich stand Digi-Dingsbums woanders.

Wir jedenfalls standen draußen und winkten unseren zwei Freunden hinterher.

Verdutzt glotzten sie durch die hintere Scheibe.

»Ob Pekka und Mika jetzt gleich in Zombies verwandelt werden?«, überlegte ich.

»Ich fürchte, ja«, sagte Timo. »Sobald der Koffer-Mann sie entdeckt, geht es los.«

»Aber vielleicht ist es auch ganz schön, zwei Zombies

im Freundeskreis zu haben«, fantasierte Tiina. »Wir können mit ihnen bestimmt aufregende Schul-Übernachtungen machen!«

»Oder nachts über den Friedhof gehen«, warf Timo ein.

»Klingt nicht übel«, fand Hanna. »Aber wovon werden die beiden sich ernähren?«

»Sie essen Gehirn, habt ihr das schon vergessen?«, knurrte der Rambo.

»So wenig Gehirn wie Pekka hat, ist er vor Mikas Angriffen schon mal sicher«, sagte ich. »Falls sie sich gegenseitig das Hirn wegfressen wollen, meine ich.«

»Ob wir versuchen sollten, sie zu befreien?«, fragte Hanna.

»Ich denke, ja«, sagte Timo.

»Aber wie?«, fragte Tiina.

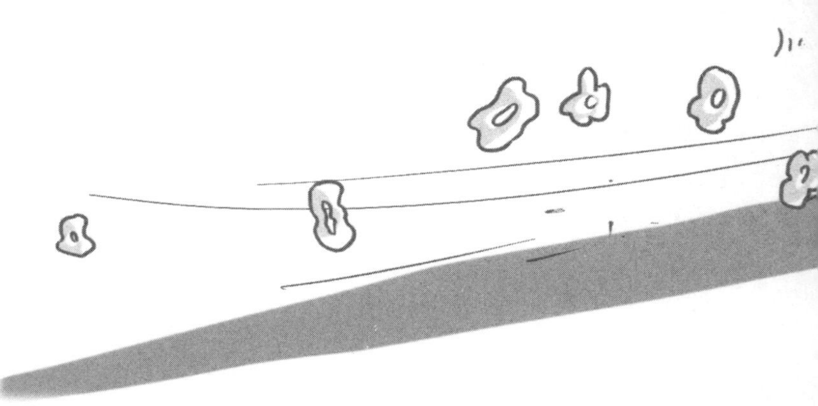

Das fragten wir anderen uns auch. Es war wirklich keine schöne Situation. Und die Notlügen machten es auch nicht besser: Wie lange würde die Frau des Lehrers glauben, dass Pekka und Mika spontan beim Schularzt waren?

Am Ende der nächsten Stunde vibrierte mein Handy.

»Eine Nachricht von Pekka!«, rief ich erfreut.

»Was schreibt er?«, fragten die anderen.

»Bitte hebt mir beim Mittagessen ein paar Fischstäbchen auf!«

Wir waren unendlich erleichtert. Die Nachricht war typisch Pekka. Er klang ganz normal und war garantiert noch nicht in einen Zombie verwandelt worden.

»Machen wir!«, antwortete ich. »Wo seid ihr?«

»Keine Ahnung«, antwortete Pekka.

»Guck dich doch mal um«, schrieb ich.

»Ich sehe Himmel!«

»Und unten?«

»Fußboden! Und meine Füße.«

»Und dazwischen, du Blödi?«

»Einen Pilz.«

»Meinst du jetzt etwa einen Fußpilz?!«

»Nein. Einen normalen, aber sehr großen Pilz.«

»Aha. Und was siehst du sonst noch?«

»Mein Akku ist gleich alle.«

»Pekkas Akku ist jetzt alle«, erklärte ich den anderen.

»Was ist mit Mika? Wir könnten doch auf seinem

Handy anrufen«, schlug Hanna vor. »Ach nee, das funktioniert ja nicht mehr, seit es in der Sahnetorte gesteckt hat«, fiel ihr wieder ein. »Der Anruf von Mikas Mama war die letzte Aktion, danach hat es seinen Geist aufgegeben.«

»Okay, lasst uns überlegen«, sagte Tiina. »Wo steht ein großer Pilz?«

»Na, im Wald«, sagte ich.

»Es gibt auch Nagelpilz, auf den Fingernägeln zum Beispiel«, knurrte der Rambo.

»Ich weiß, welchen Pilz Pekka gemeint hat. Dort müssen wir hingehen!«, verkündete Timo.

Wie gut, dass wir Timo hatten. Er wusste einfach immer Bescheid.

Zu spät!

Nach der Schule liefen wir alle nach Hause und packten unsere Agentenrucksäcke. Etwas zu essen, zu trinken und unsere Geheimwaffen. Dann trafen wir uns vor der Schule wieder.

Timo führte unsere Agentengruppe an. Er ging mit uns durch lange, düstere Seitenstraßen mit Hochhäusern. In dieser Gegend kannten wir uns kaum aus. Als wir das letzte Wohnhaus hinter uns gelassen hatten, kamen nur noch Industriehöfe. Der Wind war kühl. Irgendwo heulte ein Hund. Oder auch ein Wolf. Oder sogar ein Zombie? Die Wolkendecke am Himmel wurde immer dichter, es würde früh dunkel werden. Es kam mir vor, als wären wir plötzlich die einzigen Menschen auf der Erde.

»Hier muss es sein«, sagte Timo und blieb stehen.

Wir schauten uns um. Die Straße mündete in einen großen Parkplatz. Um den Parkplatz herum standen drei Lagerhallen. Weil es schon so dunkel war, gingen die Straßenlaternen an. Die direkt neben uns ging flackernd wieder aus; anscheinend war sie kaputt. Dann ging sie wieder an. Und wieder aus. Und an. Und aus. Gruselig.

»Hm. Irgendwie sieht es ja tatsächlich so aus, als könnte sich Digi-Dingsbums hier befinden. Allerdings frage ich mich, wo der große Pilz ist, von dem Pekka gesprochen hat«, sagte Hanna.

»Schaut mal dorthin«, erwiderte Timo und zeigte ein Stück nach oben.

Er hatte recht, wie immer. Hinter der einen Lagerhalle stand ein riesiger Wasserturm in der Form eines Pilzes.

»Mein Vater und ich waren letzte Woche hier und haben neue Reifen für unser Auto bekommen«, sagte Timo. »Da habe ich den pilzförmigen Turm zum ersten Mal gesehen.«

»Und schaut mal dort!«, rief Tiina aufgeregt.

Du liebe Güte – auf der einen Halle stand DIGI-SCHUB! In blutroten Buchstaben!

Wir waren also wirklich am richtigen Ort.

Nur leider sahen wir nirgends den Lieferwagen, in dem Pekka und Mika gefangen waren.

»Vielleicht ist der Wagen in der Halle?«, überlegte Hanna. »Die Tür ist jedenfalls so groß, dass Autos

durchpassen.« Das stimmte. Nur leider war die Tür mit einem Vorhängeschloss verriegelt, und die Fenster der Halle lagen zu hoch, um hineinzuspähen. Wir wussten also nicht, ob der Wagen drin stand oder nicht.

»Soll ich die Tür mit meinen Fäusten zertrümmern?«, fragte der Rambo.

Doch weder glaubten wir noch er selbst, dass er das schaffen würde.

»Sollen wir die Polizei anrufen und sie um Hilfe bitten?«, fragte ich.

»Noch nicht«, sagte Hanna, »lasst mich mal ran.«

Sie holte ihr Stiftemäppchen aus dem Rucksack und kramte den Schlüssel raus, den Pekka bei dem Koffer-Mann geklaut und ihr gegeben hatte.

»Ob der passt?«, fragte ich atemlos.

»Das werden wir gleich sehen!«, sagte Hanna.

Sie schob den Schlüssel ins Schloss und bewegte ihn hin und her. Erst passierte nichts, doch dann sprang das Vorhängeschloss mit einem Knacken auf. Hanna lächelte zufrieden und öffnete die Tür. »Hereinspaziert!«

In der Halle war es ziemlich dunkel. Einen Lichtschalter fanden wir nicht. Zum Glück gewöhnten sich unsere Augen nach und nach an das Schummerlicht.

Wir schauten uns um – und sahen tatsächlich sofort den schwarzen Lieferwagen.

»Pekka? Mika?«, fragte ich leise.

»Seid ihr da drin?«, fragte Hanna etwas lauter.

»Ist bei euch alles okay?«, fragte Timo.

»Seid ihr noch am Leben?«, flüsterte Tiina.

»Wurdet ihr schon in Zombies verwandelt?«, fragte der Rambo. Zum ersten Mal überhaupt klang seine Stimme ängstlich.

Auf keine unserer Fragen kam eine Antwort.

Es war einfach nur still. Zu still.

Ich spürte, wie Hanna meine Hand suchte und sie umklammerte.

Selbst im Dunkeln sah man, dass Hanna vor Schreck ganz bleich war. Mit der freien Hand zeigte sie rüber zur anderen Seite der Halle.

Jetzt sah auch ich die zwei Gestalten. Sie kamen auf uns zu und hielten ihre Arme wie Schlafwandler nach vorn gestreckt. Aus ihren Mündern floss Speichel. Trotzdem erkannten wir Pekka und Mika sofort.

Wie schrecklich … wir kamen zu spät.

Sie waren bereits zu Zombies geworden.

Hat zufällig jemand Silberkugeln?

Die Zombies kamen immer näher. Wir hörten ihren röchelnden Atem. Armer Pekka, armer Mika!

»Hat zufällig jemand Kryptonit dabei?«, fragte Hanna.

»Das wirkt doch nur bei Superman«, wusste Timo.

»Oder hat zufällig jemand Silberkugeln?«, machte Hanna einen neuen Versuch.

»Die helfen bei Werwölfen. Nicht bei Zombies«, sagte Timo.

»Und was ist mit Knoblauch?«, fragte Hanna.

»Der wehrt nur Vampire ab«, antwortete Timo.

»Vielleicht steht hier irgendwo ein Holzpflock herum?«, fragte Hanna nun und klang sehr verzweifelt.

»Auch der hilft nur bei Vampiren«, erinnerte sich Timo.

Wir hatten nichts, womit wir uns wehren konnten. Und die Zombies röchelten immer lauter und rückten immer näher. Ihr Speichel glänzte im Schummerlicht.

»Hat jemand Taschentücher?«, fragte Hanna kleinlaut.

»Die helfen nur bei meinem Papa«, antwortete einer der Zombies.

»Aha, und inwiefern?«, hakte ich nach.

»Er braucht vor Rührung eine ganze Packung, wenn er an den WM-Sieg der finnischen Eishockeymannschaft denkt«, antwortete der Zombie, der vorher Pekka war.

»Ihr seid doch noch nicht verwandelt!«, rief Tiina.

»Da hast du recht«, gab Mika zu. »Meine Mama würde das sowieso nie erlauben. Batman ist okay, aber ein Zombie darf ich nicht werden.«

Wir waren super erleichtert.

Unsere Freunde verhielten sich wie immer.

Und als Zombies hatten sie sich nur ausgegeben für den Fall, dass nicht wir, sondern der Koffer-Mann in die Halle gekommen wäre. Wenn der sah, dass sie bereits Zombies waren, würde er sie nicht mehr ans Digi-Dingsbums anschließen. Sehr schlau, fanden wir.

Jetzt, wo wir keine Angst mehr haben mussten, sahen wir uns genauer in der Halle um. Der Koffer-Mann hatte gesagt, er müsste nur noch etwas aus der Lagerhalle holen, dann könnte er seinen Auftrag abschließen. Also musste Digi-Dingsbums noch hier sein. Irgendwo lauerte es.

Wir schalteten die Taschenlampe ein, die der Rambo in seinem Rucksack gefunden hatte, und untersuchten das Lager. Jede Menge Kabel und Kisten. Und tatsächlich, in einer Ecke entdeckten wir einen großen Karton mit dem Namen unserer Schule. Dort musste Digi-Dingsbums drin sein. Morgen würde der Mann es in unser Klassenzimmer bringen.

»Hier steht sogar noch ein Karton, auch der ist für unsere Schule!«, rief Hanna.

»Und hier noch einer!«, staunte Tiina.

Insgesamt fanden wir sieben große Kartons, die alle für unsere Schule bestimmt waren.

»Wir müssen verhindern, dass sie morgen hier rausgeholt und zu uns gebracht werden«, sagte Hanna.

»Richtig«, sagte Timo. »Und dafür habe ich bereits den optimalen Plan.«

Operation Digi-Dingsbums

Wir öffneten die Kartons. Und waren ziemlich überrascht. In jedem steckte ein Computer. Ein stinknormaler, neuer Computer.

»Das soll Digi-Dingsbums sein?«, wunderte sich Hanna.

»Computer können uns doch nicht in Zombies verwandeln«, sagte ich.

»Sage ich meinen Eltern auch immer«, knurrte der Rambo. »Selbst wenn ich acht Stunden am Tag am Computer zocke – ein Zombie werde ich deshalb nicht. Ich glaube, wir können das ganze Problem abhaken.«

»Nein«, sagte Timo. »Vorsicht ist besser als Nachsicht. Besser der Computer in der Hand als Digi-Dingsbums auf dem Dach.«

Wir starrten ihn an. Manchmal war es nicht so leicht, ihn zu verstehen.

»Wie spät ist es jetzt?«, wollte Timo wissen.

»Kurz vor sechs«, sagte ich nach einem Blick auf mein Handy.

»Perfekt«, sagte Timo, »dann ist es noch nicht zu spät.«

»Nicht zu spät wofür?«, fragte Tiina.

»Für die Operation Digi-Dingsbums«, antwortete Timo.

Und dann erklärte er uns seinen Plan. Er war noch genialer als alle seine bisherigen Pläne.

»Habt ihr eure Handys bereit?«, fragte er schließlich.

Wir hielten sie alle in die Luft. Bis auf Mika, dessen Handy wegen der Tortensahne nicht mehr funktionierte. Und bis auf Pekka, bei dem gerade der Akku alle war.

Dann tippten wir fleißig Nachrichten. Es klang wie ein superleiser Regen. Nachdem wir sie abgeschickt hatten, warteten wir. Und warteten. Irgendwann wurde die Stille unangenehm.

»Es antwortet niemand«, flüsterte ich.

»Es hat nicht geklappt«, jammerte Mika und schluchzte leise.

»Psst, habt noch einen Moment Geduld«, mahnte Hanna.

Und in diesem Moment kam die erste Antwort. Dann die nächste. Und dann ging es immer so weiter – ein einziges Aufblinken, Brummen und Piepen.

»Es funktioniert! Sie werden alle kommen und uns helfen!«, rief Timo.

Er strahlte übers ganze Gesicht.

Ein totales Durcheinander hier!

Wir waren ziemlich aufgeregt. Ehrlich gesagt waren wir sogar sehr aufgeregt. So sehr, dass wir ein bisschen zitterten.

Der Koffer-Mann holte gerade die sieben Kartons aus seinem Lieferwagen und trug sie in unser altes Klassenzimmer. Dabei begann er zu schwitzen, denn die Kartons waren plötzlich überraschend schwer.

Der Lehrer schaute immer wieder auf seine Uhr. Er wartete auf die Gäste von neulich und wirkte leicht nervös.

Gerade als der Koffer-Mann die letzte Kiste in die Schule trug, tauchten die Damen und Herren auf, für die es kürzlich die Torte gegeben hatte.

»Guten Tag, verehrte Gäste«, schnaufte der Koffer-Mann, »ich bin fast fertig, nur das Anschließen fehlt noch. Aber das kann ich ja sicher auch später machen.«

»Kein Grund zur Eile«, warf der Lehrer ein. »Ich finde es ganz wunderbar, noch einen Moment ohne Digi-Dingsbums zu leben.« Während dieser Worte schüttelte er allen die Hand. Auch Pekkas Mutter, die ganz vorn stand.

»Was für ein festlicher Tag«, sagte Pekkas Mutter. »Und jetzt bitte keine Überraschungen mehr, werter Kollege.«

»Ja, ja, alles klar«, sagte der Lehrer. »Ich habe den Lauf der Dinge akzeptiert. Bald sind Pixel mein täglich Brot, ich bin inzwischen darauf eingestellt.«

Besonders glücklich sah er bei diesen Worten allerdings nicht aus.

»So ist es recht«, versuchte Pekkas Mutter ihn aufzumuntern. »Sagt mal, wo ist eigentlich mein Sohn Pekka?«

»Hm. Ich habe ihn heute auch noch nicht gesehen«, antwortete der Lehrer.

»Komisch. Er hat mir gestern eine Nachricht geschickt, dass er bei Mika übernachtet. Und Mika ist ja da.«

Pekkas Mutter sah Mika fragend an. Der guckte schnell zu Boden.

Wir anderen schauten Pekkas Mutter freundlich an und versuchten, ihre Sorgen wegzulächeln. »Er kommt bestimmt bald«, sagte ich.

Nun begannen die langweiligen Reden.

Als Erstes sprach eine Frau in schickem Hosenanzug: »Was für eine Freude!«, sagte sie. »Ab heute ist diese Schule fit für die Zukunft. Je mehr digitale Geräte wir haben, desto besser für die Kinder. Ihr Lernfortschritt wird gewaltig sein. Und wir dürfen ihre Zeit vor den Geräten nicht beschränken. Die Türen dieses Digitalraums müssen immer offen stehen, für alle Kinder dieser Schule. Der Computer ist der beste Freund des Menschen.«

»Moment mal«, wunderte sich der Lehrer, »das war doch bisher immer der Hund, oder?«

»Na, na, na«, ermahnte Pekkas Mutter den Lehrer.

»Äh, ich sage ja gar nichts. Beziehungsweise doch! Lassen Sie uns nun alle in den Digitalraum gehen und die Kartons öffnen.«

Wir gingen den Erwachsenen hinterher und warteten gespannt. Endlich machte der Koffer-Mann die erste Kiste auf.

»Huch? Was ist denn das?«, fragte er erstaunt und hielt *Pippi Langstrumpf* hoch.

»Das ist ein Buch!«, erklärte der Lehrer erfreut. »Warten Sie, ich zeige Ihnen, wie ein Buch funktioniert. Einfach vorne aufklappen, sehen Sie? Und dann genüsslich loslesen.«

Pekkas Mutter warf einen irritierten Blick in den Karton. Darin lagen nur Bücher – beste Kinderbücher.

Hektisch ging sie zum nächsten Karton und riss ihn auf. Auch dort fand sie nichts als Bücher. Ebenso im dritten Karton und auch im vierten.

Wir wussten das natürlich schon, denn wir selbst hatten die Kisten am Abend mit den Büchern befüllt. Und vorher natürlich die Computer herausgeholt. Nachdem wir unsere Nachrichten verschickt hatten, waren auf unseren Handys jede Menge Antworten eingetrudelt, und ein wenig später hatten unsere Freunde und Bekannten uns ihre alten Lieblingsbücher von zu Hause vorbeigebracht. So viele, dass die Bücher gleich für sechs Kisten reichten.

Pekkas Mutter hatte nun auch den fünften und sechsten Karton geöffnet und nichts als Bücher entdeckt.

»Vielleicht ist ja hier was anderes drin«, sagte sie und trat an den siebten Karton.

Ehe sie ihn aufmachen konnte, öffnete sich der Deckel von selbst, und ihr eigener Sohn hüpfte ihr entgegen. Pekka war der perfekte Springteufel – und zusammen mit den Kinderbüchern eine wichtige Waffe im Kampf gegen Digi-Dingsbums.

»Ha!«, rief Pekka und warf seinen Bumerang in die Luft.

»Ha!«, antwortete der Direktor der Nachbarschule, der gerade den Raum betrat. »Endlich habe ich dich gefunden!«

Er fing den Bumerang auf und wedelte damit drohend durch die Luft. »Dieser Junge ist ein gefährlicher Krimineller, und seine Freunde dort, das sind seine Komplizen! Die gehören alle bestraft.«

Er glotzte böse und machte einen Schritt in unsere Richtung. Genauer gesagt, in Pekkas. Und noch einen.

Timo versteckte sich blitzschnell hinter seinem Agentenbuch. Mika drehte seine Batmanmaske um

und wurde zum Joker. Tiina bürstete sich wild die Haare. Und der Rambo knallte seine Boxhandschuhe zusammen, deren Pfefferladung jedoch leider schon verbraucht war. Nichts wirkte, und der Direktor kam immer näher. Blieb nur noch die Geheimwaffe von Hanna, welche auch immer es war, – und mein Agentenstift. Wir mussten Pekka schließlich vor dem bösen Direktor beschützen! Hanna rührte sich nicht. Mir blieb also nichts anderes übrig, als zu handeln.

Aus dem Augenwinkel sah ich, dass nun sogar auch der junge Polizist das Zimmer betrat.

»Ein totales Durcheinander hier!«, rief er in sein Telefon. »Bitte gib mir Anweisungen.«

»Ist wieder dieser große Lehrer vor Ort?«, hörten wir seinen älteren Kollegen fragen.

»Ja«, antwortete der junge Polizist.

»Und die sieben anstrengenden Zwerge, äh, Kinder?«

»Ja.«

»Notier ihre Namen und komm schleunigst zurück aufs Revier. Ende.«

»Okay, Ende.« Er blickte uns der Reihe nach an. »Hat vielleicht jemand einen Stift?«

Das war das Stichwort. »Oh ja«, sagte ich und hielt ihm meinen Agentenstift hin, als wäre er der normalste Stift der Welt.

Der Polizist drückte auf das obere Ende und schüttelte den Stift leicht. Schon spritzte Farbe raus, und zwar dem dummen Direktor direkt ins Gesicht.

Es war der ideale Agentenstift.

Und was für eine Geheimwaffe hast du?

Wir mussten alle lachen. Der Lehrer sogar am lautesten. Und das nicht nur über die Farbe. Sondern auch darüber, dass es so schön aussah in unserem Klassenzimmer mit den vielen Büchern. Haufenweise Abenteuer und Geschichten!

»Das ist ja wirklich eine tolle Überraschung«, bedankte sich der Lehrer und schüttelte den Damen und Herren ein zweites Mal die Hand. Besonders lange blieb er vor Pekkas Mutter stehen. »Was bin ich erleichtert«, sagte er. »Statt eines schrecklichen Digitalraums kriegen wir eine neue Schulbibliothek. Eine großartige Idee! Unschlagbar gut. Ich bedanke mich bei allen, die das entschieden haben. Eine kluge Wahl! Denn Lesen ist ein wundervolles Hobby und zugleich der beste Weg in eine gute Zukunft. Beim Lesen lernt man unglaublich viel und entwickelt sich ständig weiter.«

»Ähm, also, eigentlich …«, stammelte Pekkas Mutter.

Der Lehrer hörte nicht auf, ihr die Hand zu schütteln, und starrte ihr bedeutungsvoll in die Augen.

»Na ja, eigentlich ... finde auch ich das ganz wunderbar«, sagte Pekkas Mutter schließlich. Sie schluckte kurz und fuhr dann mit fester Stimme fort: »Was der Kollege sagt, ist vollkommen richtig. Bücher sind der beste Weg in die Zukunft, und nur der beste Weg ist gut genug für unsere Schulkinder. Darf ich also präsentieren: Unsere neue Schulbibliothek!«

Pekkas Mutter, die ehemalige Direktorin, die derzeit von unserem Lehrer vertreten wurde, aber insgeheim noch immer Direktorin sein wollte, sah nun richtig stolz aus.

»Moment mal, das ist aber nicht in Ordnung«, beschwerte sich der Direktor der Nachbarschule.

»Was ist nicht in Ordnung?«, hakte Pekkas Mutter nach.

»Dass ihr so eine toll ausgestattete Bibliothek bekommt, mit den besten aller Bücher, und wir nur ein paar doofe neue Computer! Bücher können zu Klassi-

kern werden, aber ein alter Computer ist rein gar nichts wert. Ich protestiere! Auch ich will für meine Schule eine Bibliothek.«

»Ach, das ist doch aber ganz klar«, sagte Pekkas Mutter verständnisvoll. »Wir starten sofort ein umfangreiches Programm für die gesamte Stadt. Alle Schulen sollen eine neue Bibliothek bekommen, sonst wäre das doch ungerecht für die anderen Schüler.«

»Na, dann ist alles gut. Ich werde die frohe Botschaft gleich an meiner Schule verkünden.«

Mit diesen Worten ging der Direktor zur Tür – nicht ohne vorher den Bumerang an Pekka weiterzureichen. Erstaunlich: Der Bumerang kam wirklich immer zu seinem Besitzer zurück.

»Lies lieber noch mal die Gebrauchsanweisung für dein Spielzeug«, ermahnte der Direktor Pekka. »Lesen könnt ihr hier ja anscheinend.«

Wir atmeten erleichtert auf. Es war alles gut gegangen. Wir hatten die Schule, den Lehrer und uns vor Digi-Dingsbums bewahrt, Pekka vor dem Direktor beschützt und obendrein superviele Bücher in unserer Schule.

Zum Glück war auch der Koffer-Mann nicht böse – obwohl er ja eine Menge Arbeit geleistet und jede Menge Kabel in unsere Schule gebracht hatte. »Das ist aber ein lustiges Buch«, sagte er und schaute kurz aus *Pippi Langstrumpf* auf. »Wenn ich damit durch bin, kann ich gerne mithelfen und Regale aufstellen.«

So waren nun plötzlich alle sehr zufrieden. Wir freuten uns besonders darüber, dass wir wieder in unser altes Zimmer hineinkonnten. Denn die Bücherregale würden an den Wänden stehen, nicht in der Mitte des

Raums, wie es für die Computer geplant gewesen war, und so blieb noch immer reichlich Platz für unsere Tische und Stühle. Und der Lehrer konnte allen Stress rund um Digi-Dingsbums vergessen und endlich wieder normalen Unterricht mit uns machen. Er hatte wieder Zeit und würde entspannt und munter sein!

Damit hatte dieses Abenteuer ein gutes Ende.

Eine Sache allerdings war noch offen.

»Hanna«, sagte ich, »was für eine Geheimwaffe hast *du* eigentlich? Sie ist bisher gar nicht zum Einsatz gekommen.«

Hanna lachte und kramte in ihrem Rucksack. Dann holte sie eine kleine Karte hervor und hielt sie mir unter die Nase.

»Ein Bibliotheksausweis für alle Bibliotheken in der Stadt!«, rief ich.

»Genau. Für jeden guten Agenten unerlässlich«, sagte Hanna und zwinkerte uns fröhlich zu.

Alles klar. Den würden auch wir uns besorgen!

DS

Inhalt

Timo Parvela, 1964 geboren, war lange und gern Lehrer, bevor er Schriftsteller wurde. Er schreibt für Erwachsene und Kinder und wurde dafür vielfach ausgezeichnet. Seine Ella-Bücher sind in Finnland Kult. Auch in Deutschland sind sie inzwischen Lieblingsbücher von allen, die beim Lesen (und Vorlesen) gern Tränen lachen.

Sabine Wilharm, 1954 geboren, studierte an der Fachhochschule für Gestaltung in Hamburg und arbeitet seit 1976 als freie Illustratorin. Für Hanser illustrierte sie bereits »Schinken und Ei« von John Saxby, »Eugen Eule« von Janwillem van de Wetering und die Vorlesereihe »Pelle und Pinguine«. Sie zeichnete außerdem von Anfang an den deutschen Harry Potter.

Elina Kritzokat, 1971 geboren, absolvierte ein Studium der Literaturwissenschaft. Seit 2002 übersetzt sie Belletristik und Sachbücher aus dem Finnischen ins Deutsche, 2019 wurde sie dafür mit dem Finnischen Staatspreis für Übersetzung in ausländische Sprachen ausgezeichnet. Sie ist schon sehr oft mit Timo Parvela aufgetreten.

»Ella gehört zu den wenigen Schulgeschichten, die man auch in den Ferien lesen will!«

Die Zeit

Timo Parvela im Carl Hanser Verlag:

Ella in der Schule –
Abenteuer Schulanfang (2020)
Was für ein Schultheater (2020)
Eine turbulente Klassenfahrt (2020)
Farbig illustriert von Sabine Wilharm
Alle Bände je 64 Seiten, gebunden

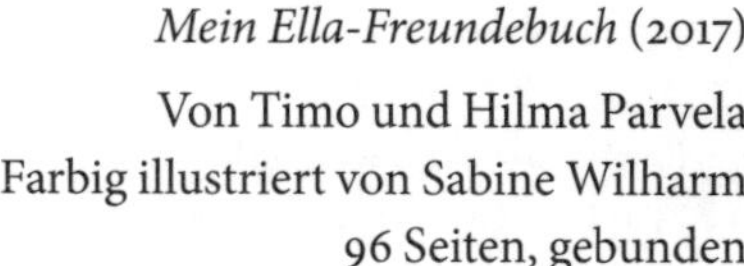

Mein Ella-Freundebuch (2017)
Von Timo und Hilma Parvela
Farbig illustriert von Sabine Wilharm
96 Seiten, gebunden

Pekkas geheime Aufzeichnungen –
Der komische Vogel (2015)
Die Wunderelf (2016)
Der verrückte Angelausflug (2017)
Das verschollene Samuraischwert (2018)
Der König des Dschungels (2019)
Schwarz-weiß illustriert von Pasi Pitkänen
Alle Bände je 104–136 Seiten, gebunden

Die Originalausgabe erschien 2016 unter dem Titel
Ella ja kaverit salaisessa palveluksessa bei Tammi in Helsinki.

Erscheint als Hörbuch bei Igel Records,
gelesen von Friedhelm Ptok

HANSER hey! Schau vorbei und
teile dein Leseglück auf Instagram

1. Auflage 2021
ISBN 978-3-446-27122-7

Umschlagillustration: Sabine Wilharm, Quickborn
Satz im Verlag
Druck und Bindung: Friedrich Pustet, Regensburg
Printed in Germany

MIX
Papier aus verantwortungsvollen Quellen
FSC® C014889